希望广大新闻工作者坚定"四个自信",保持人民情怀,记录伟大时代,讲好中国故事,传播中国声音,唱响奋进凯歌,凝聚民族力量,为实现"两个一百年"奋斗目标、实现中华民族伟大复兴的中国梦不断作出新的更大的贡献!

——习近平

希望广大新闻工作者坚持"四个自信"，保持人民情怀，

记录伟大时代，讲好中国故事，传播中国声音，唱响奋斗凯

歌，凝聚民族力量，为实现"两个一百年"奋斗目标，实现

中华民族伟大复兴的中国梦不断作出新的更大的贡献！

——习近平

读懂石油

全国石油石化能源系统
首届『好记者讲好故事』

中国石油新闻工作者协会 ◎编

石油工业出版社

图书在版编目（CIP）数据

读懂石油．全国石油石化能源系统首届"好记者讲好故事"/ 中国石油新闻
工作者协会编．—北京：石油工业出版社，2024.3

ISBN 978-7-5183-6589-0

Ⅰ. ①读… Ⅱ. ①中… Ⅲ. ①演讲–中国–

当代–选集 Ⅳ. ①I267

中国国家版本馆CIP数据核字（2024）第043184号

出版发行：石油工业出版社

（北京安定门外安华里2区1号楼　100011）

网　　址：http://www.petropub.com

编辑部：（010）64523582　图书营销中心：（010）64523633

经　　销：全国新华书店

印　　刷：北京中石油彩色印刷有限责任公司

2024年3月第1版　2024年3月第1次印刷

710毫米×1000毫米　开本：1/16　印张：12

字数：200 千字

定价：68.00元

（如发现印装质量问题，我社图书营销中心负责调换）

编委会

2023年初，经中国记协批准并在中国记协的全程指导下，中国石油记协在北京拉开了"坚持高质量发展，奋力建设能源强国"全媒体主题新闻行动的帷幕，旨在深入学习贯彻习近平新时代中国特色社会主义思想，深化落实习近平总书记对石油石化能源工业指示批示精神，讲好加快建设能源强国新篇章的动人故事，传递石油报国最强音。

从4月21日启动到11月17日结束，短短7个月时间，一大批优秀记者扑下身子，深入国家能源行业建设最前沿开展调查研究，全媒体发力、全介质传播、全平台呈现，掀起了规模化的舆论强势。在此基础上，中国石油记协举办了全国石油石化能源系统首届"好记者讲好故事"活动。

参加此次"好记者讲好故事"的选手都来自石油石化能源行业新闻第一线，他们用自己亲历的采访讲述着最平凡的一线故事，却体现了思想的大气与庄严、情感的炽热与赤诚、内容的朴实与生动。

石油石化能源行业的新闻记者从来都不把自己当成旁观者。他们既是记者，也是企业员工，既是参与者、亲历者，又是见证人。这种双重身份决定了他们把自己彻底融入石油，融入时代大潮。他们宣传石油精神，也践行石油精神。深入最艰辛的生产一线，与一线员工一起跋山涉水、一起经历艰险。这样的感同身受，奉献给受众的是震撼人心的新闻。在他们笔下和镜头里，有高原默默奉献的坚守者，也有叩问万米深井的急先锋。他们视野开阔，既熟悉世界能源格局，也深刻领会国家能源战略，胸中有乾坤，才能铁肩担道义、妙手著文章。

好记者讲好故事，首先他（她）必须是好记者，才有可能讲出好故事，这是新闻记者的职业特征决定的。好记者，应该是贴近时代、贴近人民、贴近现场的人；好记者，应该是有情怀、有操守、有担当的人；好记者，是大力践行脚力、眼力、脑力、笔力的人。他们这些讲述者心怀理想、穿行山海。在他们的笔下和文中，有大漠孤烟的苍凉，有昆仑积雪的壮丽，有大海波涛的汹涌，有神秘地层的探寻……脚下有泥，眼中有光，心中有爱，他们是当之无愧的好记者。他们采访的可能是一线员工、是普通的科研人员、是基层班组……但反映的却是时代的脉搏。这些小故事汇集成册，就变成一部宏大叙事。通过这本书，我们读懂了石油，也读懂了奋进中国式现代化的石油石化能源力量！

中国石油新闻工作者协会

2024 年 1 月

目 录

读懂石油 全国石油石化能源系统首届 好记者讲好故事

塔里木石油人如何挑战生命禁区
塔里木油田公司　王　川//002

传承有"我"
中国石油报社　金雨婷//007

手持星火　目及远方
西南油气田公司　王灵歌//012

颜世秀和他的孙女
中国石油报社　张　旭//017

与大海共振
中国海洋石油报社　陈熠文//022

在火焰山下讲石油故事
吐哈石油报社　许　忠//027

脚下有泥　心中有光
中国石油运输有限公司　张诗悦//032

万家烟火有底气
中国石化中原石油报社　张国伟//037

记着他们有一个共同的名字
长庆油田公司　白　莹//042

镜头里的石油故事
中国石油河南销售公司　刘　冰//047

"非专业"记者也能讲好海外石油故事
川庆钻探工程有限公司　马　里//052

我携丹心走国脉
　　国家管网集团北方管道有限责任公司　王　琳 //057

榜样的力量：我与劳模面对面
　　独山子石化公司　邢媛媛 //062

追逐一轮圆月
　　玉门油田石油工人报社　杨　博 //067

路
　　中国海洋石油报社　杨瑞君 //072

关键时刻，我们都是战士
　　长庆油田公司　张肖锋 //077

守护远方的"家"油站
　　中国石油四川销售公司　何　悠 //082

走进平凡的人生
　　中国石油黑龙江销售公司　崔智超 //087

遇见四川"开油找气"70年人和事
　　川庆钻探工程有限公司　刘　玉 //092

希望的颜色
　　吉林石油报社　刘明昊 //097

用大庆精神报道大庆油田
　　大庆油田报社　韩　陆 //102

为职责负责　为精彩喝彩
　　大庆油田文化集团有线电视台　王继伟 //107

滚滚车轮向彩云
　　中国石油运输有限公司　瞿　慧 //112

油田"正青春"
　　新疆油田公司　杨楚怡 //117

目录

看不见的美滋养看得见的美
　　大庆石化公司　刘莉莉 //122

此心安处是吾乡
　　吉林石油报社　于　洋 //127

初心不悔
　　冀东石油报社　贺羽涛 //132

何以为家
　　玉门油田石油工人报社　王雪姣 //137

从3个，到3万
　　大庆石化公司　孙艾平 //142

繁星为灯　心向远方
　　青海油田公司　王亚楠 //147

无穷的远方，无数的人们，都和我有关
　　中国石油石化杂志社　于　洋 //152

十天九夜，我在抢险救灾中成长
　　华北石油报社　杨　凯 //157

花絮一 //162

花絮二 //172

花絮三 //176

跋 //182

塔里木石油人
如何挑战生命禁区

塔里木油田公司 王 川

个人简介

王川，1984 年 8 月生，中共党员，从事新闻宣传工作 12 年，塔里木油田融媒体中心策划编审部记者。参与塔里木油田上产 3000 万吨、满深 1 井发现、万米深井开钻等重大宣传报道任务。《今天我们破纪录》获第二十三届新疆新闻奖电视消息一等奖，《塔里木盆地发现千亿方级大气田》获第三十届新疆新闻奖电视消息一等奖，《五曲泰天山》获中国石油影视中心 2022 年度电视专题类一等奖。先后荣获中国石油集团公司宣传思想文化工作优秀工作者、塔里木油田建设 3000 万吨大油气田功勋个人等荣誉。

工作感言

在塔里木生命禁区当记者，不仅需要扎实的文字功底，更需要一颗滚烫的心，只有对塔里木石油儿女怀有深情，才能写出他们的热血与热泪，才能诞生最震撼人心的作品。工作十多年来，我最深切的体会是，你对一线员工用情多深，就能写出多好的作品。

塔里木石油儿女跨越重重关山，选择冷月边关，扎根生命禁区，离家最远，离国最近！

秋里塔格山处处悬崖峭壁，物探队员在这里铺设了 30 万米保险绳

2023 年春节前夕，习近平总书记视频连线慰问塔里木油田干部员工时说："塔里木人长期挑战生命禁区，任劳任怨，默默付出。"下面我给大家分享几个故事，看看塔里木石油人是如何挑战生命禁区的。

故事一：爸爸在开会，爸爸没有空。

新疆天山南部的秋里塔格山是世界级勘探禁区。外国人曾断言，没人能在这里取得高品质的地质资料。我在这里结识了一名物探老班长，记录下他率领物探队员合力攻坚的故事，作品的名字叫《生死 178 天》，主人公易加明，是一名有 30 多年党龄的老党员。

这是易加明用手机拍摄的画面，悬挂在悬崖之间的是他的堂弟易得财。经过 3 个多小时救援，他的堂弟才捡回一条命。在这里施工，很多人都有命悬一线的经历。2015 年 1 月 1 日是易加明 53 岁生日，当时他利用绳索飞渡到塔里木河中央时，腰间的安全绳突然滑脱，易加明坠入冰河之中。此时，他的儿子打来电话，祝他生日快乐。易加明接过电话，顿时泪流满面，他说，爸爸在开会，爸爸没有空。这就是天底下所有的父亲，无论遭受怎样的艰难困顿，总想把最好的一面展现给自己的家人。

易加明说，他夜里常常会被噩梦惊醒。每天早晨 6 点多钟出工，他会挨个用手电检查员工的鞋带有没有系紧。这里漫山遍野铺设了 30 万米的保险绳，每开辟一条羊肠小道，他都会亲自踏勘。因为一不小心，就可能粉身碎骨。

故事二：妈妈，我想你了。

在这里采访，我也有过多次十分惊险的经历。这张照片就是我从一处山崖坠落之后拍摄的。当时，山崖高 40 多米，我脚下一滑失去平衡，跌落深谷，停靠在二尺见方的一处土台上，脚下就是几百米深涧，身旁是一座土山，我双手抠紧山石，挪动了最艰难的两米距离，待我绕到山的一侧，才发现四根手指甲都劈开了，浸着鲜血。这时我看到前方二三百米处有一根安全绳在飘荡，但抵达那里，必须要爬过 200 多米长的山尖，山尖宽约两尺，左右都是万丈悬崖，我尝试几次，浑身发抖，不敢爬。此时，天已擦黑，我经常在这里采访，

在勘探禁区天山深处涉险采访

被物探队员营救，从 200 多米陡崖底部返回营地

知道一到天黑就很可能有狼群出没，想到家中体弱多病的母亲，我咬紧牙关，死盯前方，艰难爬去。

等爬过山尖，我听到山下大声呼喊"王记者"，这是我一辈子听到的最好听的"记者"，我知道，这是生的希望。到了山下，我颤抖着身体，用生疼的手指拨通了我妈妈的电话，我说，妈，我想你了。此时，迎着秋里塔格山刺骨的寒风，听着妈妈苍老的声音，我已经泪流满面。

故事三：离家最远，离国最近。

我出生于河南一个偏远农村，20 多岁时父亲和弟弟出了车祸。在河南老家，有一个习俗，过年没回家的人，吃饺子的时候妈妈都会在离自己最近的地方摆一副空的碗筷，我在新疆参加工作 12 年，我的碗筷整整空了 12 年，每年春节，我都在塔里木万顷大漠里采访。

习近平总书记视频连线的当晚，我正在沙漠腹地记录西气东输第一站员工的通管作业。此时，我们已经一天一夜没有合眼，每个人眼中都布满了血丝，我们一遍遍观看总书记慰问的视频，很多人都流下了热泪。我们没有想到，工作在如此荒凉、如此偏远、如此不为人知的地方，总书记还能想着我们、念着我们、牵挂着我们。

石油工人在塔克拉玛干沙漠工作，这里一年风沙天气长达 180 多天

塔里木油田勘探队员戴健遗照

2018 年清明节，戴健的姐姐来到天山深处凭吊妹妹

　　塔里木盆地油气勘探充满了悲壮的牺牲，这名女孩名叫戴健，牺牲时 24 岁，被山洪吞没。和她一同遇难的还有一名 19 岁的男孩和一名 20 岁的女孩。

　　我常常在想，当时的荒山野岭间，他们一定声嘶力竭呼喊自己的妈妈，可千里万里外她的妈妈能否听到儿女的声音。每年春节，她的父母也可能会在村口踮起脚尖急切地张望，再也看不见女儿飞奔而来的身影，九进大漠的路上，四十多个生命埋骨于南天山彻骨的寒风中。

　　新疆自古是荒凉悲壮之地，为了心中不灭的希望，一批又一批塔里木人从婴儿啼哭中走来，在父母白发前奔赴，跨越重重关山，选择冷月边关，扎根生命禁区。他们腰弯了，背驼了，鬓发白了，乡音变了，但心中理想始终不灭。我在塔里木工作十几年，写了有几百万字，但浓缩成一句话就是，塔里木人离家最远，离国最近！

扫码看演讲视频

传承有"我"

中国石油报社　金雨婷

个人简介

　　金雨婷，1991年8月生，中共党员，从事新闻宣传工作6年。中国石油报社党建信息化中心（新媒体中心）高级主管。曾参与深地塔科1井、深地川科1井开钻报道，纪念铁人王进喜诞辰一百周年系列宣传报道，中国石油首届感动石油人物报道，苏丹撤侨报道等。作品获中国石油新闻奖一等奖、三等奖；参与撰写的课题获中国石油党建思想政治工作研究会颁发的课题优秀成果一等奖；主讲党课获中国石油优秀基层党课一等奖。个人获中国石油报社先进个人、优秀共产党员等荣誉称号。

工作感言

　　尽管在每一次报道背后，都有辛酸、疲惫，但每一个文字、每一秒镜头、每一次发声，都是我们记录石油的机会。在每一次采访中，我们不断锻炼石油新闻人的脚力、眼力、脑力、笔力，切身体会石油员工以实际行动传承弘扬石油精神和大庆精神铁人精神。关于石油人的故事还有很多很多，当个好记者，讲好石油故事，永远是我不变的追求！

"观众朋友们，大家好！欢迎观看 YOU 直播节目，我是中国石油报社记者金雨婷。"这是我曾面对镜头近百次说出的开场白，每当说出这句话之后，我就要讲述一个个石油故事。我也在思考，到底从哪些维度才能更好地讲好石油故事，传承石油精神？

传承石油精神，就要理解石油的深度。

2023 年的 5 月末，我们中国石油报的记者团队来到了新疆塔里木盆地，报道全国第一口万米深井——深地塔科 1 井开钻。

当站在大漠井场上，我心中为全球首台 12000 米自动化钻机而骄傲，为干净整洁的现代化绿色井场而自豪，为中国石油向万米深地进军的信心和决心而赞叹！

2023 年的 7 月 20 日，全国第二口万米深井——深地川科 1 井在四川开钻。这次，我们的记者团队兵分两路，一组去到钻井一线，实地探访；而我们这一组则留在了北京演播室准备对话钻井专家孙金声院士。作为万米深井科研攻关的牵头人，孙院士那几天格外繁忙，但他欣然接受了我们的采访。孙院士说，直播开钻这种方式很好，能让更多人了解万米深井背后的故事。

在塔里木盆地采访全国首口万米科探井——深地塔科 1 井开钻

深地川科 1 井开钻现场

直播过程中，我们给孙院士播放了街采视频，我们采访了老人、小孩、货车司机……当问到"地下万米有什么？"答案千奇百怪、各有不同，有人说有钻石、有黄金，还有人说有地心人、哥斯拉。而当问到："中国人能不能打到地下万米？"大家却异口同声地回答："中国人，一定行！"

看到这里，孙院士面带笑容，说："大家对我国石油科技水平的认可让我非常感动。请大家放心，我们有决心、有信心，钻成万米深井！"

那一刻，我发现，我们一定要传承好石油精神的深度，不仅仅是物理意义的深，更是代表着石油人攻坚克难的勇气与实力！

地层越深，温度越高。传承石油精神，也要传承石油的温度。

2023 年 9 月 25 日，在感动石油人物颁奖典礼上，101 岁的李德生院士唱响《我为祖国献石油》，令人泪目，给人力量。颁奖典礼后，我采访了获奖者，有几个细节让我更加感动。

天然气销售公司的关顺伟，投身"气化西藏"工程 12 年。他说，一定要让绿色能源的暖风吹遍雪域高原！采访的最后，我请关经理和妻子摆一个甜蜜的姿势。关经理搓了搓爱人的手，说道："这些年总是在温暖别人，却没能温暖你。"

感动石油人物颁奖典礼现场

　　华北油田的于晨光，现任河北保定唐县马庄村第一书记。采访时，我问于书记，今年马庄村的收成怎么样。于书记激动地说："收成好啊！我们村今年是个丰收年！"我问他，还要在马庄村干多久，他说："干到退休，干到乡亲们不需要我了为止。"

　　在颁奖典礼会场，我还看见了来自尼罗河公司的海外石油人。上一次看见他们的笑容，是在机场，他们搭乘第二架自苏丹撤离的临时航班回到祖国的怀抱。这一次，他们在会场笑着对我说："小金记者你好啊！这次我们在家相聚了，真好啊！"

　　我想，在这世界上的每一个角落，哪里有石油，哪里就是石油人的家，哪里就有记者在讲述有温度的石油故事。

　　一部艰难创业史，百万覆地翻天人。从深厚的中国石油工业史走来，传承石油精神，还要传承石油的厚度。

　　2023年是铁人王进喜诞辰100周年，金秋时节，我们来到大庆，做了"追寻铁人足迹"系列三场直播。我也无数次听过、讲过铁人王进喜的故事，然而在铁人纪念馆听到王进喜患病离世时，我依然泣不成声。采访时，铁人王进喜纪念馆

在铁人王进喜诞辰 100 周年之际探访铁人王进喜纪念馆

馆长苏爱华说，2023 年参观者数量突破一百万，创了历史新高，有很多人专门来到大庆，看看铁人。

在大庆，看着铁人大道、铁人公园、铁人广场、铁人中学……许许多多的铁人印记昭示着一个永远活着的铁人，诉说着人们不会忘记铁人王进喜。

传承，是最好的纪念；奋斗，是最高的致敬。从大庆回来以后，我们进一步做好纪念铁人王进喜诞辰 100 周年的系列新媒体报道。

2023 年是习近平总书记提出加快传统媒体和新兴媒体融合发展十周年。十年融合，我参与着中国石油报社推进媒体融合向纵深发展的有力实践。从纸媒、网站，到推文、短视频、直播，我们的技术在变、手段在变，但传承石油精神、讲好石油故事的初心，永远不变！

我将继续传承弘扬石油精神和大庆精神铁人精神，传承记者的理想与追寻，努力呈现有深度、有温度、有厚度的好故事，坚定地说出那句话："观众朋友们，大家好，我是中国石油报社记者金雨婷，关于石油的故事，未完待续，未来可期！"

扫码看演讲视频

手持星火　目及远方

西南油气田公司　王灵歌

个人简介

　　王灵歌，1991年3月生，中共党员，从事新闻宣传工作7年，中国石油西南油气田公司新闻中心专题部编辑记者。在庆祝新中国成立70周年之际，参与特别策划"远方的家"系列专题之《重访青海》。参与策划和制作脱贫攻坚系列专题片《石头沟 石油梦》《一路有你》《寻味九龙》。参与西南油气田公司创新成果和科技工作者的相关采访和报道，制作《科技先锋》《走近标准》等短视频，推动公司上下创新氛围不断提升。作品获中国石油电视新闻奖一等奖、中国能源传媒"能源奥斯卡"二等奖、四川省企事业电视节目社教类一等奖、第二届中国能源科技影视大会科普长片类一等奖。个人获中国石油首届播音主持大赛"金话筒"、西南油气田分公司第四届"十佳大学毕业生"等荣誉称号。

工作感言

　　我知道，新闻宣传是永不止步的征途大海。在融媒体发展的大背景下，我和我的同事们用创新的思维、崭新的形式，让荧屏更加丰富多元，也让我们获得更多的认同和赞许。我们并不是时代的旁观者，而是时代的见证者、记录者。面对油气田波澜壮阔的发展历程和代代石油人拼搏不息的传承接力，用镜头来记录历史，用文字来传递温情，我想，这就是我不会更改的初心。

这是一张 A4 纸大小的文件，虽然是薄薄的一张纸，但它的分量却举足轻重，它就是我国在页岩气领域的首项国际标准。我首先要给大家讲述的，就是标准背后科研团队的故事。

什么是标准？相信大家和我一样好奇，团队带头人给了我一个形象的回答，他说：早在秦代，我们就统一文字、统一度量衡，这些都是标准的雏形，标准也在推动人类文明的进步和发展。那么，我们为什么要制定标准？给大家举个例子：就像大家在用不同的试卷答题，老师也没有办法评判谁的分数更高，而制定标准，就相当于给大家发放了同一张考卷，发放考卷的人其实就是标准的制定者。所以，制定标准，就意味着话语权。

采访前我也曾纳闷，制定标准有那么难吗？但是团队成员告诉我，他们曾三次提交这项国际标准的申请，前两次都因为欧美国家的强烈反对，没有获得成功。在一次谈判会上，国外专家直接提出质疑：页岩气技术源于北美，为什么要采用中国制定的国际标准呢？面对质疑和反对的声音，大家心里只有一个念头，那就是，一定要让国外专家认可我们的技术！

可喜的是，历经十余次的谈判博弈、一千多个日夜的科研攻关、三千余次实验的推倒重来，团队最终以实实在在的实验数据，获得了国际组织 100% 的赞成票，

倾听标准化创新团队带头人诠释标准

ISO 7055
2023《天然气 上游领域 滑溜水降阻性能测试方法》

我国在页岩气领域的首项国际标准

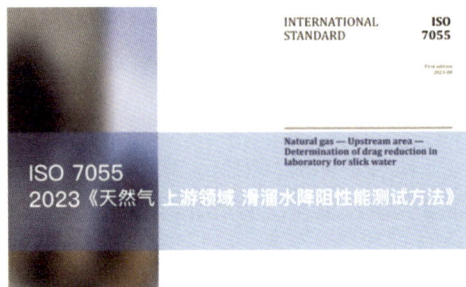

科技工作者昼夜不舍为科研

实现了从"跟随者"到"主导者"的突围之路。如今，西南油气田已牵头制定了7项国际标准，16项国际标准正在培育当中。一项项标准的发布，不仅让我们在国际舞台上发出了更多的中国声音，更让国外专家看到了我们中国人科技报国、科学求实的精神。

采访结束的深夜，我拍到这样一些实验楼的照片，明月悬空，像一盏灯，守护着科研人一个个伏案工作的夜晚，更见证着一场场全力以赴的准备。当这些科技工作者用看似轻松的语言讲述他们故事的时候，我也在问自己，作为一名记者，我们的标准是什么？而在那一刻，我更加坚定了要成为一名好记者的信念：我要用会记录的镜头、会思考的笔触，努力讲好属于我们天然气大发展的动人故事。

在西南油气田，还有许多的科技工作者和科研团队在不懈地探索，用智慧和创新带给我们一个个令人振奋的科研故事。说到优秀的科技工作者，就不得不提到我曾采访过的一位"斜杠青年"，他就是西南油气田的青年科技工作者何家欢。业余时间酷爱踢球的他，有着对科研工作独特的理解。采访中他对我们说，科研工作的每一次创新，都像足球比赛里一脚美妙的直塞球，能够使坚固的防守瞬间土崩瓦解。

现在我还清晰地记得何家欢说出"外国人能搞的，我们也能搞！"时语气中的自信和坚定。他和团队也一次次用科技的直塞球打破技术封锁，由他们自主研发的页岩渗透率测试技术，大大提高了储层评价的精度，并实现了核心技术的国产化；自主研发的径向电阻率测试技术，让过去单一的油气测试方向丰富到了360°全方位测试，实现了"外国人不能搞的，我们也能搞！"

当他攻克页岩渗透率测试难题后，他在朋友圈里写下这样一段习近平总书记曾强调的话：现在国力增强了，我们仍要继续自力更生，核心技术靠化缘是要不来的。是的，只有把科技命脉牢牢掌握在自己手里，才能不断赢得国际话语权。

两弹元勋邓稼先践行的自立自强，是为国家核事业奋斗终身，无怨无悔！我们李德生院士践行的自立自强，是扎根于油气勘探，毕生耕耘！老一辈的科技工作者用行动点亮精神的火炬，新时代的我们，更要手持星火，在"加大油气资源勘探开发和增储上产力度"上传承创新，在"当好能源保供顶梁柱"上持续发力，在"端牢能源饭碗"上坚定信心！

作为能源行业中的记者，工作的 7 年间，我采访过无数的科技工作者，也见证着科技带给我们油气田日新月异的欣喜。我们记录中国最美储气库——相国寺

青年科技工作者何家欢讲述"卡脖子"技术的突破

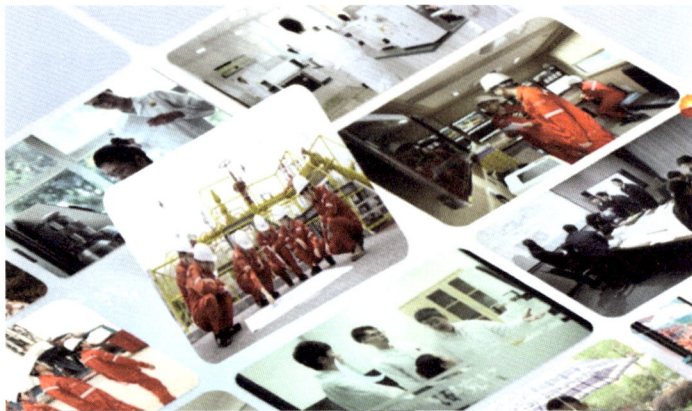

当科技的星火照亮前路时，那求索征途上的荆棘也会盛放出美丽璀璨的花朵

储气库的智慧化建设，它正以更加安全高效的方式，为保障国家能源安全增添西南"福气"；我们记录全球钻井难度最高的万米科探井——深地川科 1 井的开钻盛况，我们的国产材料和装备已经达到了 90% 以上，如今，我们正以科技高度刷新着中国深度；我们记录世界大学生运动会背后的能源密码，在这场展现中国特色的青春盛会中，我们的天然气全程为绿色大运添能助力！

科技从没有像现在这样成为中国乃至世界关注的焦点，我们的油气事业也从没有像现在这样，因为得到科技的加持，拥有了腾飞的翅膀。我为身处这个时代、见证这个时代，更为能够记录这个时代而感到无比的骄傲与自豪！科研成果的背后，是科技的自立自强，更是中国人骨子里不屈于命运、不甘于贫困的自立自强！手持星火，目及远方。大家看，未来中国的姿态，必定更加山河锦绣、瑰丽辉煌！

扫码看演讲视频

颜世秀和他的孙女

/ 中国石油报社　张　旭

个人简介

张旭，1983年4月生，中共党员，从事新闻宣传工作14年，中国石油报新闻中心主管。先后参与2020、2021、2023年抗洪救灾，2020年乡村振兴及2022年北京冬奥会相关报道，2022年参与中国石油集团公司展览厅建设工作。新闻作品获中国行业报协、中国石油记协及国企好新闻等多项新闻奖。

工作感言

做记者，能够见证众人的收获与成功，守望国家的幸福与荣耀，用心记录我们的时代。我们永远不能延续生命的长度，但一定能不停探寻生命的广度！

2023年9月23日，颜世秀来到北京参加首届感动石油人物的颁奖礼。在中国石油展览厅，老颜看到了他与孙女在玉珠峰下的照片。看到这张照片时，老颜很激动，用断断续续的青海方言告诉我，他从没有想到过自己的照片能够出现在这里。两天后，他获得了首届"感动石油人物"称号，看着王宁和他在台上互动，我的眼前总能浮现出2017年5月的那次采访。

我和老颜相识于2014年10月25日，伴随着玉珠峰的日出，我见到了彻夜未眠的老颜，黝黑的面庞、布满血丝的双眼和发紫的嘴唇是老颜给我的第一印象。但，我和他第一次见面就说错了两句话。

当我走进便利店时，听到了婴孩的哭啼声。老颜告诉我，儿媳妇刚刚生了个孩子。我便问老颜："您大概还得几年退休？"老颜很尴尬，他告诉我，他刚43岁，只是结婚有些早。我又问他，那娃娃在这，儿子呢？老颜没有说话，全家都没有说话，我意识到我说错话了。

关于老颜儿子的事，我是在离开玉珠峰后听同行的人说的。在伤感的同时，老颜一家的状况我也一直牵挂于心。

与颜世秀在中国石油集团公司展览厅合影

颜世秀的故事深深打动了听众的心

2017 年 5 月 25 日，我重返玉珠峰。此时，青藏公路沿线的积雪渐渐消融，冰雪覆盖的大地上有了春天的痕迹。海拔 6600 米的玉珠峰下，老颜正在想办法哄着哭闹的孙女回到屋子里。孩子喜欢跟着颜世秀，但加油站车来车往，屋外温度又低，站外就是青藏公路，安全很成问题，每天颜世秀都要因为这个事跟他的孙女"斗智斗勇"。

而随着夏天的到来，颜世秀会在空闲的时候带孙女去加油站附近的草地上采几棵野草。他告诉我，这能让孩子高兴一整天。天气好的时候，老颜会带孙女去到加油站不远处的一片红柳滩，让孩子在这里玩耍，这时老颜会一根接一根地抽烟。

就是在这片红柳滩下，葬着老颜的大儿子，也是这位小女孩的亲生父亲。2014 年，孩子刚出生不久后，老颜的大儿子就因为突发疾病离开了人世。

老颜告诉我，他抽烟只是一种计时方式，他想在这里多陪陪儿子，想让孙女多陪陪她的父亲，更想让儿子知道孙女已经长大，但他不知道在这里待多久合适，于是他选择一根根地抽烟。而在这之前，老颜从不吸烟。

颜世秀指挥青藏公路上的车辆进站

过往的司机时常会带一些新鲜蔬菜到站上
看看老颜，蹭一碗老颜夫人的面片

颜世秀给孙女起了个很好听的名字——颜玉婷。初次见面，让我惊讶的是，3 岁的女孩子对于车辆并不陌生，甚至能说出很多我都不了解的重卡的品牌。但这种惊讶随着进站的车辆，很快便得到解释。

对于颜玉婷来说，加油站就是她的世界，在她的世界里只有雪山、星空和汽车。3 年的时间里，除了就医之外，她就没有离开过这里。小的时候，加油站条件有限，润滑油的纸箱子做过颜玉婷的婴儿床，稍大点后，赶上加油站高峰期，也曾被爷爷背着一起给车加油。

转眼间，颜玉婷就到了要上幼儿园的年龄，想着 3 个月后就要到来的分离，颜世秀有些伤感："我们一家都在这里，外面的世界什么样，我们也不知道，更不知道怎么告诉她。虽然很舍不得，但孩子总要长大，要去接受教育，要看外面的世界。" 和孩子分开这么久，颜世秀从来没有尝试过。

当年 9 月，颜玉婷跟随奶奶回到了格尔木，在那里接受学龄前教育，每逢节假日她便会反向而行从城市到加油站与爷爷相聚；后来，老颜的二儿子也成了站经理并且调任到另一座加油站；再后来，老颜又添了两个孙女。

只是，在红柳滩旁只剩下了老颜。

老颜在玉珠峰加油站待了 14 年，在他之前这座加油站已经换了 7 任站经理。因为条件过于艰苦，工资待遇不高；4200 米的海拔，就算是本地人，只要动作大一些，就会感觉太阳穴那里突突地抽痛。

14 年，加油站销量从每天不到 1 吨，提升到如今的每天 30 余吨。

14 年，颜世秀到隔壁的饭馆义务当服务员，和司机吃饭套近乎，把车带进了加油站。

14 年，颜世秀跑去拉练的部队中帮忙，把非油卖进了军营中。

14 年，颜世秀与每一位长期跑青藏线的货运司机处成了朋友，有些司机路过加油站时还特地给老颜带一些绿叶菜，"蹭"一碗老颜夫人做的面片。

14 年，小孙女的到来让这个家庭充满了欢声笑语。

14 年，这个家庭也经历了刺骨的伤痛。

14 年，这个家庭成了远近闻名的天路"输血站"。

再过 3 年，老颜就要退休了，他就可以去过一过向往已久的城市生活，看一看高楼大厦，甚至是重温一下夏天穿短袖的感觉。但他舍不得这里，他告诉我，等退休了之后，再来看一眼儿子就很困难了；等他退休了，来往的司机见不到他，加油站会是什么样子；他不敢去想，忙碌的日子按下休止键，他又该如何面对。

但，老颜一直告诉我，他在这里经历了很多，但依然不后悔 2009 年所做的选择。于是，我们可以动情地说，52 岁的颜世秀就站在玉珠峰的脚下，坚毅的目光望过去满眼都是自己 38 岁带着一家子来到玉珠峰的样子，正如所有在一线的石油人一样，默默奉献，甘于付出。

扫码看演讲视频

与大海共振

/ 中国海洋石油报社　陈熠文

个人简介

　　陈熠文，1997年11月生，中共党员，从事新闻宣传工作2年。《中国海洋石油报》全媒采访部记者。曾担纲"海油观澜号""2023年进博会"等现场采访工作，获得2022年国企好新闻、石油新闻奖等奖项。

工作感言

　　短短做记者两年，有近乎一半的时间我都走在基层。在南海，我跟着"海油观澜号"看风；在江浙，我跟着"绿能港"听气；在渤海，我循着"智能油田"问电，我记录人，记录行动，记录时代，记录海洋石油工业的变化与发展。基层是最丰沛的沃土，一线是养料来源的怀抱。我愿意永远与劳动者在一起，与海洋石油人在一起，用我的笔触和镜头，记录澎湃的蓝色国土上正在发生的故事。

在我的故事开始之前，给各位提一个小问题，大家经历过台风吗？

我是一个长在内陆地区的孩子，台风似乎是一个很遥远的概念。但是，我的记者生涯一开始，就似乎与台风紧密联系在一起。

"北冰南风"讲的就是我们海上作业面临的困境：渤海有海冰，南海有台风，两者破坏力不相上下，都是威胁海上生产与一线员工生命安全的头号对手。海上平台和陆地不同，汪洋之中微不足道的孤岛，既没有来路，也没有归途，台风随时可以切断远海平台本来就岌岌可危的通讯信号，意味着无法实施救援。

在筚路蓝缕的创业阶段，由于成本高、技术水平有限，一点点工时对于我们而言都弥足珍贵。"人在船在""人定胜天"是每一个一线工作者的铮铮誓言，为此，他们也曾身陷险境。

一线员工在暴风雨来临前的海上平台踏浪抢修

曾经，我采访一位坚守在南海近 30 年的老报务员。报务员，被称为"平台最后的眼睛"，当平台发生危险时，他们必须与平台总监一起，做最后撤离的人。

我问他这些年来最难忘的经历是什么，他说，20 世纪 90 年代，曾经在钻井平台上亲身经历过一场台风。为了守住设备，舍不得提前撤离的人们耽误了时间，浪冲上四层甲板。他握着报房唯一一台仍在工作的卫星电话，回过神来，手指已经被电话线勒得一圈圈泛白。

他问我，如果是你，是要坚守岗位，继续求助那架可能根本就不会救援的直升机，还是打给妈妈，说一声再见？

这样的采访经历，模模糊糊地构成了我对海洋石油的初印象。"风"，是我们的敌人，也是我们永恒的威胁。

那么，我们与"风"的关系只有对抗吗？

2023 年 3 月，我在南海东部油田驻站，第一次真正踏上了这块与风"难解难分"的土地。在珠海福陆码头，我穿过层层叠叠的钢筋丛林，见到了那个慕名已久的大家伙：中国首个"双百"深远海浮式风电项目——"海油观澜号"。

面海而立，静观波澜。这个大气磅礴的名字，寄托着海洋石油人对它的期许和祝福：它的工作地点在离岸一百三十多公里的文昌油田群，其所在的海域拥有全球最恶劣的海况，如果海油观澜号能在这里工作，那么，就意味着它将能够在全世界任何一个海域工作。

出于对风的好奇和恐惧，我徒手跟着项目团队爬了一次风筒。项目经理一路爬，一路告诉我，"海油观澜号"的诞生倾注了无数人的心血，它既是绿色新能源与海上油气传统能源的深度融合，也是重大装备制造的代表性进展。为了设计这个大家伙，前后修改 14 版方案，其特有的垂荡仓和浮式基础设计，让它能够在文昌海域抵抗 17 级的大台风。

"海油观澜号"

　　我终于问出了一直积压在心头的那个问题：风给我们造成过那么重大的损失，为什么，我们还要向着风而前行呢？

　　他沉默了一会儿告诉我，我们与风是对手没错，但，更是战友。

　　是啊！当我回看海洋石油矢志不渝挺进深海的艰辛旅程，我发现，化险为夷，化敌为友，合作共赢，始终是我们的智慧。在漫长的发展历程之中，中国海油从"人定胜天"的信念摸索出了一套"尊重自然、理解自然"的生产模式，在通信网络发展和信息化、智能化进步的基础之上，建设海上智能油田，建立高效的海陆协同作战，发展出成熟完善的"台风生产模式"。从海上到陆地，从有人平台到无人平台，人员撤离，是为了安全，但坚守在陆地操控中心不撤离，是为端稳能源饭碗。他们坚守在这里，通过远程操控，让暴风雨来临前的海上平台不断电、不关停，也让许多许多年前那一个充满恐惧等待救援的夜晚，不再出现。

现场报道我国首个智能化海洋工程建造场地

　　我们没有放弃，与海共振，与风共舞。我们探索与风相处的模式，用石油人的智慧、勇气和决心，共同谱写与大海的圆舞曲。

　　结束在南海东部油田的驻站回到北京，正值初夏时节。2023 年是个多台风的年份，也是中国海油与台风一起成长的日子。从第四号台风"泰利"到第九号台风"苏拉"，恩平油田实现"台风生产模式"，流花油田群实现"台风生产模式"，"海油观澜号"实现"台风模式"。我从同事的笔下、相机里，看到了那片全球海况最恶劣海域在台风来临之前的样子，风平浪静，静等风来。

　　那么，让我们回到故事开头的那个问题：您经历过台风吗？

　　我见过。我的职业生涯亦如一场场台风过境。我被石油人的精神感动着，洗涤着，亦被他们的智慧和勇气所折服。我人生的台风不会停止，正如中国海油面对挑战永不言弃的这颗心，永远与大海共振。

扫码看演讲视频

在火焰山下讲石油故事

吐哈石油报社 许 忠

个人简介

许忠，1973年11月生，中共党员，从事新闻宣传工作30年，吐哈油田公司党委宣传部副部长、吐哈石油报社社长。多次参加中国石油报社重大新闻采访报道行动，因"5·12汶川特大地震"现场报道出色表现荣获中国石油集团抗震救灾先进个人称号，《打造中国石油改革发展"升级版"——中国石油集团"有质量、有效益、可持续"发展透视与思考》《流淌在血脉里的石油河》等多篇新闻作品荣获中国石油报、中国石油新闻奖，多次获得中国石油报社模范记者、首席记者、最佳记者称号。

工作感言

石油人四海为家，哪里有石油，哪里就是家。一家三口，分居三地，聚少离多的故事比比皆是。石油人闻油则喜、为油拼搏，无论什么时候、无论走到哪里，难以割舍的是石油情怀，流淌在血脉里的是石油精神。我以石油记者身份为荣，我以讲述石油故事为责。

徒步火焰山采访巡线管道保油气安全的故事

"国脉万里行"新闻行动走进三塘湖油区

　　工作 30 年，差不多就干了一件事——讲述石油里的故事，宣传故事中的石油。

　　刚参加工作不久，六七十公斤重的羊角吊卡，把我们修井队长砸伤，殷红的鲜血染红了裤腿。但他仍然坚持指挥施工，直到施工结束。队长的精神感动了我。我连夜写出报道，很快就上了油田报纸。这一天，距离我进油田不到 20 天。

　　后来，感人的故事越见越多，我把每一次感动都记录成文字，发表在油田内外的媒体上。几年下来，我从修井队实习技术员干到了副队长，身份也从油田通讯员、"十佳通讯员"，变成了《中国石油报》先进特约记者。2006 年，我走进《中国石油报》驻吐哈油田记者站，开始担任记者、副站长。

　　徐海晏的爸爸妈妈都工作在油田前线，夫妻俩工作的地方相隔 100 多公里，离家 300 多公里。他们一家 3 口，分居 3 地，聚少离多。孩子小的时候，常常要拜托朋友、同事、邻居照顾。小海晏说自己很委屈："今天上东家，明天上西家，我是吃'百家饭'长大的。"妈妈问："知道吃百家饭啥意思不？""知道，就像乞丐一样呗。"看到妈妈掉下眼泪，小海晏赶紧安慰妈妈，"没事的，只要跟爸爸妈妈在一起，戈壁滩也是天堂。"

　　小海晏到爸爸工作的小站，需要先坐 4 个多小时的火车，再转乘汽车，还要在戈壁滩里颠簸 2 个多小时。这个最偏远、最艰苦的小站，我蹲点采访两天两夜，把他们的故事登上了《中国石油报》，标题多年忘不了——《戈壁深处疙瘩台：

两只狗、三个人、七口井》。

疙瘩台每天生产天然气 2 万立方米，可以满足 3 万多户家庭生活用气。正是无数的石油人，像小海晏的爸爸妈妈一样，坚守在这寂寥之地，源源不断地生产出石油和天然气，才保障了国家油气供给。

凡有石油处，就有玉门人。青年员工张鑫的祖辈，就来自石油摇篮——玉门油田。

新中国成立前，张鑫的曾祖父在玉门油矿做民工。新中国成立后，王进喜成为新中国第一代钻井工人，后来成了家喻户晓的铁人。曾祖父比王进喜年长 7 岁，是铁人的姨父。曾祖父常常遗憾，没成为铁人那样的石油工人。

后来，张鑫的爷爷走进了油田，当上了工人，实现了曾祖父的夙愿。不管走到哪个行当，爷爷骨子里总是憋着一股劲，说啥也要成为铁人那样的人。他工作几十年，各种奖状得了一大箱子。退休后，他仍不服老，社区里的大事小情，总是热心帮忙，是出了名的"张劳模"。

深入西气东输三线管道建设工地采访

到了张鑫父亲这一辈，生在油田，长在油田。家里家外，大家说的都是油田的工作，讲的都是铁人的故事。耳濡目染，父亲从小就立志，要做铁人那样的人。参加工作，在油田的采油站。地处百里风区，这里的大风曾经刮翻过火车、汽车、抽油机，可他一待就是23年。那些年，身边也有人陆续离开油田，到异地发展。但张鑫的父亲始终难以割舍这份石油情怀。他说："从玉门到克拉玛依，后来到大庆，铁人啥时候离开过油田？我决不离开油田，决不当逃兵！"

石油，原本并不是张鑫的选择。从小，他就喜欢做饭烧菜。父母不让，就跟外婆学习。考上了大学，却说啥也不想去报到。与家人软磨硬泡了一个多月，总算是走进了位于成都的新东方学校，学起了烹饪。后来还在四川省的烹饪大赛中摘得银奖、铜奖。学校有意让他留校任教，张鑫也动心了。可是家人坚决不同意，要求他必须回油田。

又是一个多月的激烈交锋，张鑫最终服软了。他说，主要是因为妈妈的一句话："希望鑫儿，陪在我身边。"回到油田的张鑫干起了吊车驾驶员。几年后，遇到单位改革，他

蹲点百里风区，挖掘出石油娃徐海娄一家的故事

2008年深入震区，现场采访"震中铁人"余永明的故事

又转岗无损检测，干起了"给油气管道做CT"的工作。如今，他已通过专升本学习，拿到了大学本科毕业证书，并考取了注册安全工程师资格。

张鑫的女儿2023年5岁。对女儿今后的工作，张鑫没有过多的想法。在他看来，无论走到哪里，无论干哪一行，只要女儿身上有铁人这股子精气神，就没有干不好的事。

玉门的石油河，在祁连山脚下流淌了一年又一年。像张鑫家人一样，一代又一代石油人，走出石油河，走向全国。如今，无论说到哪个石油企业，都有讲不完的动人故事。

因为感动，所以讲述。这些年来，因为新闻采访工作，我离家越来越远，离一线石油人越来越近。

因为责任，所以坚守。我将继续走近石油人，继续讲述石油人的故事。讲述他们像火焰山一样热情的性格，像戈壁滩一样广阔的胸怀，像坎儿井一样纯洁的心灵，像哈密瓜一样甜美的追求，像胡杨树一样不屈的斗志。

扫码看演讲视频

脚下有泥　心中有光

中国石油运输有限公司　张诗悦

个人简介

张诗悦，1995年4月生，中共党员，从事新闻宣传工作2年，中国石油运输有限公司长庆运输分公司清洁能源开发技术服务公司党群工作科记者。担纲2022年7月甘肃庆阳等地洪涝灾害救援物资运输保障任务的采访，负责联合长庆油田公司、川庆钻探公司在陕西靖边举办2022年道路运输油气场站突发事件应急救援演练一线报道。在《新生代》发表《"一带一路"背景下陕西服务贸易政策治理研究》荣获编辑部内部评选第一名；撰写的《后"新冠"疫情下危机应对的政策展望与机制创新》被陕西省委宣传部采纳。

工作感言

一次次记录和讲述石油运输人的故事，让我逐渐明白了记者的定义：脚下有泥，眼里有光，肩上有责。"做一个新闻人的好处，就是你只有一生，而你却倾听了好多人的人生。"这是我写在备忘录里的话，最好的年华与记者这份职业相伴。作为一名基层宣传工作者，最快乐且兴奋的事情就是能用自己手中的笔和镜头，点滴记录基层石油运输人的高光时刻。

　　说起石油，人们首先想到的就是那高耸挺立的井架，整齐列阵的抽油机，还有连绵千里的输油管线。可是你们可曾知道，这里还有一支"拖不垮、打不烂的石油运输野战军"在雪域高原、戈壁沙漠、平原丘壑，风雨兼程、夜以继日，为中国石油所属 140 多家企事业单位提供专业化的运输保障服务。

　　回顾 70 年的发展，运输公司广大干部员工战荒原、斗戈壁、挺大漠、攀险峰、闯海外，四海为家，苦干实干，殚精竭虑。在运输公司上下万众一心奋进高质量发展、众志成城奋斗"双一流"企业的重要时期，我从一名实习员工变成了一名小记者，站到了更高的起点和舞台，成为信息传播者、故事讲述者和发展瞭望者，责任在肩，使命光荣。

　　我采访的这个人叫王小伟，是运输公司的一名驾驶员，2022 年 9 月，我和同事从西安出发，一路奔向陕北那望不到边际的黄土高原。

在苏里格气田开足马力生产之时，采访烈日下执行完保供拉运任务的石油工人

　　见到王小伟时，黝黑、不善于表达，是他留给我的第一印象。他这次执行的任务是压裂砂拉运任务，我跟随车辆一路深入生产现场。在对他的采访中，我知道油气生产，压裂是一个重要环节，如果出现断砂，就会导致井下事故，最严重会变成废井。所以为了抢时间赶进度，王班长带队的24台车三班倒，连续8天吃住睡都在车上，为了完成油气生产任务，我们的车辆一分钟都不敢耽搁。我问他："工作苦吗？"王班长轻轻地笑着回答："咋能不苦呢！"他顿了顿又继续说道："其实我苦点累点都没啥，感觉最亏欠的就是自己的家人，因为常年在这山上，照顾不上老人，关心不上孩子。我媳妇的那句口头禅我都能给你背下来，爸妈身体好多了，你娃成绩又进步了，家里的事你别操心，有我呢！"

　　同样是2022年冬天，我来到纳林河地区，找到我的采访对象——长庆运输公司的一个分队长任正宝。因为路况复杂，

对长庆运输公司带队人在完成甘肃庆阳等地抗汛防洪任务后安全归来的一次采访

记者 张诗悦 长庆运输公司新媒体中心

凌晨跟车深入山区集气站井，记录冬季保供一线故事

我们到达作业区已是深夜 12 点了，本想着第二天再找他，但调度员说他还在岗位上，刚从处理厂回到停车场。我到停车场后，看到任正宝正在检查车辆，没寒暄几句，就被作业区的一通电话打断。挂完电话，任正宝说现在需一台车加急抢运地层产出水。此时，其他驾驶员都已经休息了，任正宝为了不打扰分队的其他驾驶员休息，让兄弟们第二天有充足的精力保障生产，就准备独自一人去完成夜间的值班应急工作。我问他："这拉运任务今晚必须去吗？"他说："今天不拉走，就会影响天然气生产，还是我去吧！"为了深入了解他们的工作环境，我主动申请，和他一起去执行任务。

在罐车上，我第一次感受陕北冬天的严寒，脚丫子冻得没了知觉。我问："任师傅，您冷不？"任师傅说："冷啊，你们可能不习惯，我们都习惯了。""你们吃饭都怎么弄啊？"他指了指后座："吃住睡都在这儿。"我扭头一看，后座放着一箱方便面，方便面旁边放着一床被子，我随手摸了摸，是冰凉的。我真实地感受到，这被子根本挡不住陕北零下 20 多摄氏度的寒冷，我看到任师傅粗糙的手上都被冻出了口子，可他还是微笑着，我似乎感受到他并没有一句怨言。

通过聊天，我得知他有个6岁的女儿，女儿学习成绩不错，有一次写作文还写到他了，说为爸爸是一名石油运输人感到自豪和光荣，爸爸工作很辛苦，但是非常认真负责，他干的不仅仅是驾驶员工作，更是西气东输的伟大工程，涉及千家万户的幸福生活……从那时起任正宝就更加坚定了。现在家里都很理解和支持他，虽然对家人陪伴太少，但这份亏欠一直在心里，可哪个石油人又不是这样呢？

在这两年的采访经历中，我更加坚定了作为一名新闻工作者的初心，一定要多去生产第一线，用镜头记录为油气生产保供默默付出的石油运输人们，这是初心，更是责任！很多时候，我们看到了公司优异的成绩，却忽略成绩背后那一群默默付出的"最可爱的人"，他们朴实、真诚。每一天的早出晚归、每一次的亲情分离在他们的生活中是常态，即便如此，我仍能从他们的眼中看到坚守的光亮，这点滴之光升华、凝聚，足以照亮我们前进的道路！

扫码看演讲视频

万家烟火有底气

中国石化中原石油报社　张国伟

　　张国伟，1983年11月生，中共党员，从事新闻宣传工作16年，中国石化中原油田宣传文化中心新闻采访部主管。多部新闻、专题作品荣获国家、省部级、中国石化报社一等奖；多次被中国企业电视协会、中国石化报社和中原油田评为优秀记者、优秀编辑。2020年荣获濮阳市"抗击新冠疫情先进个人"称号，2022年荣获中原油田十大"三八红旗手标兵"称号，并获得中国电视艺术家协会全国企业电视分会组织的演讲比赛金奖第一名。

工作感言

　　"脚沾泥土，更感花香；人在路上，心潮涌动。"记者是记录者，也是亲历者。对于新闻事业，我从来不曾后悔过，更不曾放弃过。因为我最引以为自豪的事情就是我是一名电视新闻记者！未来的日子里，我将继续怀揣初心使命，用行动践行忠诚，一如既往俯下身、沉下心、融入情，努力推出有思想、有温度、有品质的作品。我是记者，更是党员！

清晨，北京胡同里大妈熬豆汁的天然气来自这里；正午，雄安新区新工厂里的燃气源自这里；傍晚，"气化河北"的村庄里晚饭的炉火也引自这里。

这里，就是我国华北最大天然气地下储气库群——中原油田储气库群。

2021年10月18日，中国石化宣布中原油田百亿立方米储气库群建成投产。

100亿立方米是什么概念？据测算，100亿立方米天然气大约是5000万户家庭一年的用气量，保障着近两亿人的灶台之火，生生不灭。

那么，什么是储气库？为什么要建储气库？

通俗地讲，储气库就是储存天然气的地下库容空间，被人们形象地称为"天然气地下银行"。既然是银行，当然可以存取自如，这就是储气库的调峰作用，就像我们有钱了就去存，花钱的时候就去银行取一样。

利用地下储气库调峰应急储备是天然气供应链中的重要组成部分，也是世界天然气利用发达国家的普遍选择。

而中国储气库建设规模与国外相比，存在较大差距。

据中国石油规划总院数据，2020年中国的天然气调峰需求占年消费量的11%左右，而储气库作为最主要的调峰方式，储气调峰规模至少应达到10%以上，才能基本满足调峰及保供需求。

因此，中国需要建设一大批地下储气库，使调峰规模逐步赶上天然气消费高速增长的需求。

在这个背景下，中国石化提出在中原油田建设储气库群的设想。

别看我现在谈起储气库底气十足，其实之前可是小白一个，正是在采访中我了解到这些知识。

而让我终身受益的是储气库的建设者，他们不仅给了我底气，也让千万家庭灶台上的烟火有了底气。

宋东勇，是我认识的第一位储气库建设者。

作为西北大学石油及天然气地质专业的毕业生，他所有的工作都是在为油气开发储藏解锁地质结构。

第一次采访宋东勇，他的一句话让我印象深刻。他说，科研工作者同样有科研工作者的社会责任。天然气不能保供，老百姓做不成饭、取不上暖，我们科研工作者也应该脸红。

地下 2000 多米是储气的主要地带，要想顺利把天然气灌注到这些地下深层的岩石孔隙之间，厘清地质构造，形成立体网络是宋东勇的首要任务。2016 年 4 月，我有幸报道宋东勇主持的一次中原油田储气库地层分析会，一组组数据、一层层地质结构宋东勇侃侃而谈，地层深处的风貌如同卷轴一般在我们的眼前铺展开来。

然而，2019 年 7 月 12 日，我收到一个令人痛心的消息，宋东勇因病离世，带着遗憾离开了他倾注了心血与爱的储气库。

在离世前夕，宋东勇还在为储气库注气做着最后的数据分析。宋东勇的徒弟田洪维曾含泪告诉我，师傅最大的遗憾就是没有看到中原油田超百亿立方米储气库群建成。

在卫 11 储气库建成投运后，田洪维专程去了趟陵园，亲口告诉了师傅这个好消息。擦干眼泪，田洪维要做的还有很多很多……从宋东勇和徒弟田洪维这样的科技工作者身上，我感受到了知识分子的报国情怀和专业精神。

克服困难在卫 43- 平 201 井的施工作业现场拍摄员工作业

深入生产一线拍摄最生动的画面

2023 年，大年初一，在新投运的文 13 西储气库我见到了值守在岗的常爱萍。

"常大姐本身就是我们储气库最丰富的故事。"常大姐同事的一句话引起了我的注意。

采访中我了解到，从一上班常爱萍干的就是采气工作。从无到有的架管线、建气站，一干就是 30 年。地下气藏采出枯竭后，她又和同事们将自己亲手建起来的设备、设施拆除掉，利用地下地理结构建起一座座储气库。自从第一座储气库投运以来，常大姐已经 9 个春节没在家吃过年夜饭了。

"过年啊，咱们管着千家万户炉火旺不旺、年夜饭香不香的呢，哪敢回家啊！"

常大姐还有一年就退休了，我问她退休有啥遗憾，"有啊，设计的 13 座库还有 6 座没建成呢，我就该退了，有点遗憾。"

那一刻，我望着这位憨厚的石油大姐，突然有点鼻子酸酸的。采访中我时常深深地被常大姐这样朴实的、守护了一辈子油田的普通"老石油"感动着。

每一次的现场报道都记录着每个施工现场的故事

　　8年前，我开始接触储气库建设的报道，感受着万家烟火气的底气变化。

　　与我类似，中原储气库管理中心生产运行管理室的王敏佳是一名标准的"80后"。两年前，在接到加入中原油田储气库群建设通知时，他女儿才出生三天，虽然十分不舍，但他依然选择了离开，投入到火热的大气库建设会战之中。

　　他说，建设储气库群，让我少了对孩子的陪伴，但能参与建成百亿方储气库群，也一定会让女儿为我感到骄傲，咱们石油人的责任就是守护国家能源饭碗。

　　从王敏佳身上我感受到了石油精神的传承，更看到了担当，我时常为自己也是这其中的一员而自豪。如今，储气库建设已经成为中原石油人握在手里的一张靓丽名片，未来，中原油田储气库群将继续发挥在国家能源安全战略中的中原优势，为京津冀、黄河流域的生态环境保护与高质量发展，提供绿色能源保障。

　　万家烟火不仅有底气，更有福气，储气库群建设还在进行中，我也仍将继续关注，继续将储气库的故事讲给您听。

扫码看演讲视频

记着
他们有一个共同的名字

长庆油田公司 白 莹

白莹，1986年9月生，中共党员，从事新闻宣传工作13年，长庆油田新闻中心新媒体部编辑、记者。参与了中国第一大气区长庆油田年产天然气突破500亿立方米新华网直播活动、中国石油开放日大型直播活动，总点击量突破千万。采访过全国治沙英雄石光银、首位成功登顶珠穆朗玛峰的石油人、15个国家的驻华外交官。2021年度被陕西省新闻工作者协会企业报分会评为"优秀编辑"；所负责的长庆油田官方视频号获得全国企业号10强殊荣；多部作品荣获陕西省新闻奖融媒体类一等奖，参与的《长庆建成国内首个500亿方战略大气区、油气当量攀上6500万吨新高峰重大成果对外宣传》荣获长庆油田2022年度宣传新闻工作优秀成果一等奖。

在我工作的13年里，我参与过一线石油人在雨后的黄土高原保路拉油，感受过零下20摄氏度石油人争分夺秒解堵时的艰难，穿越过一望无际的毛乌素沙漠。从走进油气生产一线，到走出长庆看长庆，我看到了默默奋战在各个岗位上石油人不懈努力的身影，听到了石油人最真挚的声音，感受到了他们有艰辛、有拼搏、有努力，有爱有温度的正能量。让我们讲好石油人的故事，让我们把石油人真正的样子传播得更远！

　　这是我在 2021 年走进内蒙古毛乌素沙漠，沉浸式体验石油人沙漠巡线后跟他们告别的画面。看着他们远去的身影，这一句再见，有点说不出口。我们就要离开，他们还将继续在这里坚守。

　　这是一场首次沙漠巡线直播，烈日炙烤下，沙漠地表温度已超过 50 摄氏度。我们一边走一边检测地下管线的运行状态。两个多小时后，我明显体力不支，虽然我经常运动，但此时两手空空的我，踩着凹凸不平的沙地，喘着粗气，迈出的每一步都很艰难。而我身边的巡线人拿着 20 多斤重的设备，像背了两袋面一样，却步伐轻快。

　　看到大家额头上冒着汗，我心疼地说"要不咱休息会，喝点水？"一位巡线女工告诉我："不是不想喝，是不能喝。在这一望无际的沙漠里，喝太多水，如果你想方便，那可真的是不方便。"

在内蒙古乌审旗进行沙漠巡线直播活动中走进牧民家中采访

043

在华 H100 平台报道中国石油集团公司董事长、党组书记戴厚良视频连线长庆油田

走出长庆看长庆，来到中国海油深圳油田分公司流花油田海洋石油 119 平台采访

四个小时的巡线直播结束后，巡线人指着远方说："你们顺着沙漠一直向下走，前面就到柏油路了，单位的车在那里等你们。我们还要继续巡线。"当我们感叹这份不易时，对他们来说，这只是再寻常不过的工作。分别时，我为他们拍了一张照片，作为礼物送给他们。在我眼中，这是他们为祖国加油争气的最美样子！

看到了石油人在高温下坚守的样子，但是零下 20 多摄氏度他们还在解堵时的艰辛，你可知道？

2022 年 12 月，我来到陕北靖边的作业现场采访。当时的气温已经是零下 26 摄氏度，井口管线冻堵，生产不能正常运行。他们冒着刺骨的寒风，不断加注甲醇，用热水浇灌管线除冰，溅起的水花在裤腿上瞬间结成了"冰铠甲"。我在不打扰他们的情况下，一次次举起镜头，记录下他们工作的真实画面。那次解堵历时两个多小时，100 多分钟里，他们一刻没有停歇。当解堵结束准备返回时，我发现自己由于长时间举着采访设备，手脚已经冻僵，不听使唤。

那次采访过去快一年了，但现在我还记得他们说过这样一句话："太阳暖身，天然气暖心，累点没啥，只要大家能用到天然气，冬天家里暖和和的，就值了。"

石油人的工作不容易，但石油人又很乐观！他们有爱，有温度，走到哪都像一家人。

2023 年"七一"前夕，中国石油和中国海油两个基层党支部的主题党日活动，在位于祖国南海东部的海洋石油 119 平台开展。在这次活动中，我不仅是一名党员，一名参与者，更是一名记者。走出长庆看长庆，走出石油看海油。在寂寞的海上油田，我看到了海油人用实际行动践行碧海丹心能源报国的初心。那一刻，我也想到了长庆油田，虽然一个在大海上，一个在大山里，工艺流程有所不同，但无论是海油人，还是石油人，都有信心牢牢端稳能源饭碗，保障国家能源安全。

我的镜头还记录下一对年轻的石油伴侣，跨越高山和大海"千里探亲"的感人故事。11年里，他们一个驻扎在祖国西北，一个坚守在祖国南海，拉话话容易，见面面难，大部分时间只能通过网络看看彼此。当妻子终于有机会走进丈夫的工作现场，当妻子戴上迟到了11年的头纱和丈夫一起说出为祖国加油争气时，在场的每一个人都落泪了。视频没有策划，没有编排，却成功出圈，收获了百万点击量，几百条留言里满满的正能量。它是我们最真实的记录，它触动了人们对团圆的向往，它让我们感受到了每一个石油人最真挚的情感。石油人朴实的爱，跨越了千山万水，舍小家献石油，能源报国就是我们的海誓山盟。

主持中国第一大气区长庆油田年产天然气突破500亿立方米新华网直播活动

在"中国石油开放日·媒体记者进长庆"活动中走进长庆油田华 H100 平台采访

出不出彩看宣传！我们为党发声，为石油人立传！我们把镜头对准撸起袖子加油干的人！故事里的他们，或许我们都叫不出姓名，但他们有一个共同的名字：石油人。他们，眼里有光，心中有爱。他们，可爱！可敬！

你问我什么是好记者？在我工作的 13 年里，采访过很多人，参与过很多重大宣传报道，从写稿、拍照，到短视频的策划、剪辑以及出镜主持，我见证并感受着不一样的石油人。现在，这个答案在我心中越来越明晰。好记者，不仅是历史的见证者、记录者，更是传播爱与光、温暖和正能量的使者。

记着你，记着我，记着每一个石油人的故事，是我作为记者最幸福的事！

扫码看演讲视频

镜头里的石油故事

中国石油河南销售公司 刘 冰

个人简介

刘冰，1989年1月生，中共党员，从事新闻宣传工作10年，中国石油河南销售公司党委宣传部新媒体记者。多次策划、参与河南销售公司抗洪抗疫、保供"三夏"、助力乡村振兴等重大宣传报道，发表各类通讯报道1000余篇。编导拍摄了《回家》《追光者》《"粽"情三夏、服务"三农"》等多部纪实微电影、MV、短视频等新媒体作品。作品获得中国石油集团新媒体创作大赛二等奖、庆祝建团100周年青年文化作品创作大赛三等奖、"赋能冬奥、加油未来"石油员工风采摄影大赛二等奖、平顶山市党员教育电视片观摩交流活动二等奖。

工作感言

作为新闻宣传工作者，我们用所见、所闻、所思、所感，记载着企业发展的每一个脚印；每一篇稿件都书写着属于我们的光荣与梦想，每一个镜头都定格成为永不褪色的缤纷画面。抗疫抗洪、三夏保供、助力乡村振兴，每一次突发事件和重大主题宣传中，我们都参与了、经历了、见证了、记录了。数不清多少次采访归来深夜赶稿，为了一句话、一张图片、一个创意、一帧视频，反复琢磨、修改。忙碌着也幸福着，因为中国石油河南销售的发展有我们的一份力量。

粮食安全是"国之大者"。悠悠万事，吃饭为大。河南是全国小麦第一省，只要河南的小麦丰收了，中国碗里的主粮供应就有了底。扛稳国家粮食安全重任，是河南的责任，更是河南的担当。而在端稳端牢能源饭碗的同时，服务"三农"，保供三夏，助力端稳端牢"中国饭碗"，是中国石油的责任与担当。

夜来南风起，小麦覆陇黄。中国石油河南销售公司的员工们在田间地头守护"大国粮仓"，我也在麦收一线抢拍新闻素材。记者、摄像、导演，我切换着不同的角色，只为完成一件事情——用新媒体的方式展示中油形象、讲好中油故事。

2022年6月，我拍摄了纪实微电影《"粽"情三夏》，记录了一对石油夫妻的故事。

在加油站采访劳动模范

采访优秀站经理

　　妻子杨丽是一名站经理，丈夫高伟旗是河南销售分公司派驻在叶县下马庄村的第一书记。拍摄的那天恰好是端午节，也是麦收正忙的时候。到了加油站，杨丽正张罗着打油装车，我连忙跟上去。田间小路狭窄崎岖，只能骑着三轮车去送油。我提醒她路不太好走，她笑笑说："不碍事儿，种麦时送化肥，麦收时送柴油，这些路都熟得很！"

　　20 分钟后，我们把柴油送到田边。我的镜头跟随着杨丽穿过麦田，将柴油安全加注到农机里。这才发现，脚踝被锋利的麦茬扎出一片片小红疙瘩，又疼又痒。

　　此时远在 150 公里外的高伟旗正带着驻村队员到老乡家走访。2019 年，河南销售资助村子里的贫困户种植了桃园，6 月正是挂果期，高伟旗惦记着果园的收成。

　　忙碌的间隙，杨丽念叨起丈夫："早上老高还打电话提醒我吃粽子，也不知道他这会儿吃上了没？"因为工作原因，他们两口子已经两个多月没见过面了。

　　我还打趣他们这个粽子之约很浪漫，可杨丽忙起来，饭都顾不上吃。往返了十几趟，最后一桶油送到地里时，天已经黑透了，得知老乡还没吃饭，她把同事给她带的粽子都分给了老乡们。

　　而在下马庄村的高伟旗也是一刻都不得闲。查看过果园、给留守老人打扫完院子，又帮着腿受伤的村民把玉米种上了。

　　那他们的粽子之约实现了吗？杨丽，吃到了返程加油农机手送给她的粽子，而高伟旗吃到了老乡送来的粽子……

　　在大多数人的印象里，加油站就是加油、售卖非油商品，但其实他们也在为人民的幸福生活奔忙着。2023年5月，河南遭遇了10年来最严重的"烂场雨"天气，麦收时间从原来的13天缩短到5天。天一放晴，各地便集中力量打响抢收攻坚战。农机手们日夜不停地作业，到了饭点都是对付两口。

加油站现场采访

于是，我们除了组建志愿服务队送油到田间地头外，还推出了深夜食堂、田间便利店等创新服务。

平顶山叶县第 7 加油站是临近高速路口的一座乡村站。三夏期间，5 名员工、8 把油枪要服务近千台车，工作量是平时的 3 倍，但站经理李盘红依然坚持为农机手们免费提供晚餐。

晚上 10 时是夜间农机加油高峰，我守在加油站拍摄视频素材。李盘红边加油边招呼着农机手们吃晚饭。这些来自五湖四海的农机手吃着地道的河南味道，都露出了满足的笑容，而我却不由地湿了眼眶。我有感于那个瞬间，他们那发自内心的笑容是对石油人坚持奉献、为民服务的最好肯定。

值得自豪的是，2023 年三夏期间，河南用 5 天时间抢出了丰收！河南夏粮产量依然稳居全国第一，再次稳稳扛起了保障国家粮食安全的重任。

在我的镜头中，曾出现过许许多多这样的故事。故事的主人公都是普通的基层员工，没有轰轰烈烈的事迹，也没有声名显赫的壮举，但他们数十年如一日地坚守与敬业却令人动容、催人奋进。我很庆幸，能够用手中的笔和镜头记录下他们的故事，记录下他们在平凡的岗位上可敬可爱的模样。

中国石油是党的中国石油、国家的中国石油、人民的中国石油，它被诠释在石油人的每一个微笑里、每一次奉献里、每一个故事里。作为一名基层记者，我将坚守初心，努力创作出更多接地气、暖人心的好作品，让新媒体宣传成为推动企业高质量发展的有生力量。

扫码看演讲视频

"非专业"记者
也能讲好海外石油故事

川庆钻探工程有限公司 马 里

个人简介

马里，1991年4月生，中共党员，从事新闻宣传工作3年，川庆钻探工程有限公司国际工程公司办公室（党委办公室）副主任、党群工作部宣传干事。拍摄《逐梦》《奇迹》两部微电影，策划三期"故事汇"品牌活动并担任主持人。《奇迹》获评人民日报海外网"'一带一路'特别作品奖"，为中国石油唯一获奖作品；微电影《逐梦》获中国石油新媒体大赛一等奖，新闻作品《坚守巴基斯坦的他们回来了》被评为2020年《今日川庆》"最打动人作品"第一名、中国石油年度优秀新闻作品二等奖，《总统为川庆钻探点赞》获评2021年中国石油优秀新闻作品一等奖、四川油气田年度优秀新闻作品通讯类一等奖，《"走"进土库曼》获评2021年中国石油年度优秀新媒体作品三等奖。

工作感言

海外石油人长期坚守在异国他乡，子女成长不能陪伴、家人生病不能照顾、内心孤独无法排解……在海外生产一线工作的经历，让我深知海外游子的不易和家人的担忧。在策划、采写《川庆国际业务、逆向奔赴中逆袭》过程中，了解到海外同事们连续工作的天数从300天、500天再到800天，从一年、两年再到三年，一次次刷新我内心能承受的极限。但每次提起，他们都只是微笑以对，数字背后的那些故事、那些笑与泪、那份乐观与豁达，让我敬佩不已。我不希望这一切变成冰冷的数字，悄无声息地被时代所淹没。

川庆钻探与当地村民和谐共生，当地村民常常
将农副产品卖给井队

拍摄川庆钻探与当地自然环境和谐发展的场景

作为一名"90后"钻井工程师，今天我将以一名"非专业"记者的角度，与大家分享海外石油人的奋进故事。

2016年，我前往巴基斯坦的钻井一线，担任技术员，后来成为带班队长，一干就是四年。大漠深处的滚滚黄沙、戒备森严的井场铁网，还有皮肤黝黑的钻井工人，在夕阳的映射下慢慢老去，他们给了我这里的第一印象，也让我感到了不小的心理落差。

从那一刻起，我就在心底默默许下承诺，决不让他们的故事淹没在黄沙之中，虽然远离祖国、远离繁华，井场外还不时传来阵阵枪声打断创作的思绪，但为了更好地记录这里的故事，我开始大量地阅读，读马尔克斯、读徐霞客、读克里希那穆提，他们的坦然给了我在孤独中前行的力量。从《拥抱孤独》再到《坚守》，我的心境越发成熟，通过不断地写作，我努力让更多人知道石油人的故事。

我的高中母校校长看到我写的故事后，在开学典礼上说："我们要学习这位学长和他的同事们，深耕一线为祖国的能源事业奉献青春。"这让远在他乡的我倍受鼓舞、充满干劲，更立志要用我手中的笔让祖国的下一代加深对大庆精神铁人精神的了解。

疫情期间多次凌晨前往机场和员工家中，记录员工的出征时刻和与家属的一一惜别

　　在与师傅们的朝夕相处中，我慢慢感受到了他们对于工作的热爱，对于生活的豁达，也看到粗糙的面庞下眼里藏着的光。无需刻意采访，也不用堆砌辞藻。每当夕阳西下，只需在板房的门槛上坐下，泡上一杯茶，随着氤氲的水汽飘向远方，故事会自己跃然纸上。我的师傅老杨是个能人，甲方发难、钻井难题都难不倒他，但那段时间却常常失眠，只因儿子即将高考，他却没法伴其左右；"高人"张永红身高一米九，躬身在低矮的材料房中工作了30多年，却带出来了无数个昂首自信的巴国徒弟；厨师作家赵小刚，他的双手不仅

采访加入川庆钻探14年的土库曼斯坦分公司外籍女员工维拉

采访加入川庆钻探厄瓜多尔分公司超过22年的当地员工雷尼，展示当年线上采访她的新闻

可以烹制美食，还写出了很多感人的故事；还有两代都投身
于中国石油海外业务的外籍父子员工……他们的每一个瞬间、
每一张笑脸我都用镜头、笔头一一记录。我敬佩师傅们的率真、
豁达，很多难以克服的困难，在他们眼中只如那飘散的烟云，
一笑而过，云淡风轻。

多年的海外工作经历，开阔了我的眼界、充实了我的内心，
更让我感受到了写作的魅力。3 年前，我回国负责宣传工作，
有了更广阔的平台讲好海外石油故事。此时正遇"新冠"肆虐，
数百名超期服役的海外员工面临巨大的身心压力。最让我难
忘的是海外同事赵长春。他出国时，妻子已身怀六甲，因为
疫情，直到儿子一岁他都没能回来抱抱孩子。彼时，适逢我
的儿子出生，初为人父，我内心无比欣喜却也无法想象错过
这些美好瞬间的遗憾，伏案时几度落泪，无法释怀。

让人庆幸的是，他们的故事没有被遗忘：微电影《逐梦》
获得中国石油新媒体大赛一等奖、《坚守巴基斯坦的他们，

三次策划公司"故事汇"品牌活动，在活动中作为主持人采访海外员工家属

回来了》获得川庆钻探年度最动人作品、《总统为川庆钻探点赞》获得中国石油年度新闻作品一等奖，《洪灾中的援手》拉近了当地人民和中国石油的距离。在采访中，我看到同事女儿为身在海外的爸爸发自内心的骄傲，也看到外籍同事雷尼对公司的深情告白，那些熬过的夜、写下的文字都有了温暖的意义。

我将继续奔赴一线去记录新时代海外石油人奋进世界一流的精彩瞬间。我坚信，只要足够用心、足够耐心、足够细心，离得近一点、再近一点，就一定能够写出有温度有思想有品质的石油故事。

近年来多次前往海外生产一线，全方位、多角度讲好中石油海外石油故事

扫码看演讲视频

我携丹心走国脉

国家管网集团北方管道有限责任公司　王　琳

个人简介

　　王琳，1989年5月生，中共党员，从事新闻宣传工作10年，国家管网集团北方新闻中心视频部记者。参与《海南环岛天然气管网工程成环运行》央视采访报道；国家管网会师一周年主题微视频《这一年》主创；"国脉万里行、记者走基层"系列报道主创记者；原创导演大型舞台情景讲述《国脉征程》；策划制作国家管网集团庆祝建团百年云合唱《这场青春，值得骄傲》；采访制作乡村振兴主题微纪录《花开山乡》。作品获全国行业电视委员会新闻类评选一等奖、全国新媒体大赛一等奖、全国庆祝新中国成立70周年优秀作品、全国行业电视委员会新媒体类评选一等奖、第五届中央企业优秀故事等多个奖项。

工作感言

　　到一线去，是我最期待也最兴奋的事情。十一年的行走，让我越来越觉得自己是幸运的，有幸用笔和镜头记录下了一个个鲜活的身影。我珍惜每一次和采访对象面对面的机会，和他们握手的那一刻起，我仿佛就开启了一种新的人生体验。

和巡线队伍一起穿越"国门九道弯儿"，在中俄东线过境点采访黑河作业区巡线队员

零下40摄氏度的"中国北极"，干劲儿正足的漠河作业区小伙儿们个个如"白眉大侠"一般

刚入行的时候，有一位老师告诉我——孩子，多到线儿上去看看，眼里有了现场，脑子里就有了故事，笔下也就有了情怀。

渐渐地，到一线去，就成了我最期待的事儿，我珍惜每一次和采访对象面对面的机会，和他们握手的那一刻起，我仿佛就开启了一种新的人生体验。

2023年春节刚过，我和我的同事们就登上了飞往"中国北极"漠河的航班，开启了"国脉万里行"的行程。

早春二月的黑龙江，依然被厚厚的冰雪覆盖着。我们到漠河第一天，就被零下40摄氏度的低温冻了个透心儿凉。然而冰面上交错变幻的点点橙红很快温暖了我的双眼。

凛冽的江风里，中俄原油管道黑龙江穿越段冬季联合演练，正在江面上进行得热火朝天。走近一看，干劲儿正足的漠河作业区小伙儿们个个如白眉大侠一般。

一夜大雪过后，体感温度显然更低了一些，我们全副武装，决定跟随巡线队伍一同执行一次户外巡线任务。

和漠河作业区巡线队员们一同穿越林海雪原

徒步巡线时，队员栽倒在地

在大兴安岭原始森林里穿行，脚下是深浅难测的寒冬积雪，迎面是冷硬刺骨的山林大风。尽管捂得像只熊一样，但我的手、脚和脸全程都是麻的，摄像机也被冻得频频罢工。

徒步巡线两个多小时后，队员李新博突然栽倒在地上。原来，尽管出发前在裤腿缠了胶带预防，但雪还是钻进鞋里冻得脚不听使唤了。小李打趣地说："不在大雪地里摔几个跟头、不长几个冻疮，哪好意思说自己在漠河巡过线！"

就这么一趟巡线，我和摄像小哥就"趴窝"了，我俩从零下 40 摄氏度的气温里收获了零上 40 摄氏度的体温。

穿过林海雪原，春末夏初，我们来到了位于毛乌素沙漠腹地的乌审旗作业区。在这里，我第一次体验了一把沙漠巡线。

在一望无际的大沙漠里行走，脚下是深一脚浅一脚的黄沙，迎面是说来就来的大风。在穿越一处沙丘时，突如其来的大风裹着扬沙，让人连睁开眼睛都变得困难。

队员们快速紧紧将身体靠在一起，并排前行，冲过沙丘。

当我努力清理出满嘴满鞋的沙子时，管道工王师傅逗趣儿地说："丫头，你得多吃点儿沙子压压秤，沙漠里的瞬时风刮起来都能把你掀翻呐！"

尽管大风尚未停歇，休整之余，队长高辉用自己的方式给队员们充着电——直到现在，高队长那首即兴唱起的草原牧歌依旧温暖着我的耳朵。这歌声之于我，

在兰郑长成品油管道穿越点竹竿河和管网检测工程师一起体验漂流检测

扫去的是疲惫，收到的是管网人的专属乐观。

蹚过茫茫大漠，三伏天里，我们又来到了兰郑长管道穿越点竹竿河，随三位管网检测工程师体验了一把管网"漂流侠"的野外生活。

午后 37 摄氏度的高温加上河面上蒸腾的水汽，一阵阵河风裹着热浪袭来，几分钟就能让人来个透彻的桑拿浴，再配合上头顶太阳的炙烤和脚下鞋袜的蒸煮，小伙子们后背上汗碱画的"地图"是换了一张又一张。

工程师李东昕，一年中大部分时间在各式各样的河面上，一漂就是八年，同事们都叫他"漂流侠"。每年超过 200 天的野外作业，带给他的，除了黝黑的皮肤，还有不寻常的"漂流记"。

都说男儿有泪不轻弹，可当回忆起这些年的漂流生涯时，这个七尺男儿忍不住抹起了眼泪……

报道发出后，东昕特地给我打了个电话，他说："我媳妇儿以前总埋怨说自己爱上了一个不回家的人，现在她终于理解我这一年八九个月都在外边儿干点儿啥了……"

从北极雪国到沙漠腹地，从江河险滩到茫茫戈壁，橙色的身影在我的脑海中越来越清晰，我也越来越读懂了"坚守"两个字的意义。

除了坚守生产一线的身影，让我久久不能忘怀的，还有驻守在小山村里的"温暖橙"。

2022 年夏天，我接到了一个特殊的采访任务，到河北承德一个叫广发永的小山村去看看那里的新变化，从"脱贫攻坚"到"乡村振兴"，北方管道驻村工作

"漂流侠"李东昕认真进行着管网检测工作

驻村工作队第一书记张彧瀛和村民交流

和驻村工作队一起走访广发永村民

乌审旗作业区巡线队员们苦中作乐，沙漠放歌

队在这里一扎就是七年。

这次采访，最感染我的，是小红玲的笑容。工作队 2016 年进驻广发永村时，发现父母早逝、跟奶奶相依为命的小红玲 10 岁了还没进过校门，孩子胆儿特小，连话都不敢说。工作队多方协调以最快速度让小红玲入了学，如今红玲已是中学生了，长成了自信开朗的大姑娘。红玲奶奶拉着我的手说："如果不是工作队，这个孩子的命啊也就是早早找个人嫁了，放羊、生娃……"

这个村子被大山包裹着，起初因为路不好走，村里的很多老人一辈子连县城都没去过。工作队一进驻就扑在基础设施建设上，从修路到挖水窖，从建广场、设路灯到发展草莓暖棚……现在，村民们骑着摩托车、开着拖拉机痛痛快快地下地、走亲戚，村里广场舞跳起来了，文化生活丰富起来了，村民的腰包也鼓起来了，过上了亮堂堂的新生活！扎根小山村的工作队也亲眼见证了山村里越来越红火的小日子！

十一年的行走，让我越来越觉得自己是幸运的，有幸用笔和镜头记录下那一个个鲜活的身影。我携丹心走国脉，我们的行走依旧在继续，我想，记录管网行者的足迹，就是我作为一名管网记者的使命，传播管网声音，讲好能源故事，就是我们行走的意义！

扫码看演讲视频

榜样的力量：
我与劳模面对面

独山子石化公司　邢媛媛

个人简介

　　邢媛媛，1981年6月生，中共党员，从事新闻宣传工作20年，独山子石化新闻传播中心采访中心记者。承担独山子石化1000万吨炼油、120万吨乙烯工程奠基仪式专题报道和2021年独山子石化塔里木60万吨/年乙烷制乙烯装置开工专题报道。创作的作品《记者走基层——安全"五查"不走形式》在2013年全国"安全生产月"暨"安全生产万里行"好新闻评比中荣获三等奖；《情满喀喇昆仑》被评为2021年度中国石油电视新闻奖（新闻专题类）一等奖；《新疆和中石油合作首套EVA项目投料开车成功》被评为2022年度中国石油电视新闻奖（新闻消息类）一等奖。

工作感言

　　成为记者后知道了"记者"这两个字意味着随时待命，意味着冲在一线。每当完成一次采访，每当看到新闻刊发，那都是我倍感幸福的时刻。深深感谢这份工作让我成为时代变迁的见证者、记录者和传播者。我倍加珍惜这个干事创业的岗位，倍加珍惜锻炼提高的机会，用我的所见、所闻、所思、所悟，记录企业发展的每一个宝贵瞬间，我会坚定新闻理想，向前辈、同行学习，践行和锤炼"脚力、眼力、脑力、笔力"，讲好石油人的故事。

2019 年独山子石化大检修现场

20 年前，我大学毕业，分配到独山子石化电视台，成为一名石油战线的记者。这下如愿以偿进了媒体、当了记者，心想着一定要好好干一番事业。可是没过几天，现实就给了我当头一棒。走进石化装置，望着头顶纵横交错的管线，看着眼花缭乱的生产流程，拿着摄像机的我手足无措。望着这些冷冰冰的铁疙瘩，我想到了逃离。回到单位，我硬着头皮交了一篇没有生命力的稿件，结果可想而知，被主任批得一无是处。我崩溃极了，跑回家里，躲进房间，捂着被子大哭一场。我决定：辞职不干了。第二天，还没等我开口，主任又给我派发了新的采访任务，让我采访一位劳模，他叫薛魁，我硬着头皮去了。

见面后，薛魁自信、阳光的气质瞬间感染了我。通过采访，我了解到他刚做出了人生当中的一次艰难选择。当时独山子石化正在建设国家级大项目，薛魁放弃了车间值班长的岗位，申请到大项目当一名普通建设者。很多人都不理解，奖金低了、补贴没了、还得从头学习，这不是自讨苦吃么！我问他为什么会做这样的选择，他告诉我说：这可是国家级大项目，在这里能学习到更先进的乙烯技术，我可不能错过这个机会。

薛魁的故事深深感染了我，他的一句"既然选择了，就不要轻言放弃"让我醍醐灌顶——默默地撕掉了口袋里的辞职书，我决定重新出发。从那以后，我利用一切机会深入生产现场，和一线师傅们交朋友，挖掘他们的喜怒哀乐。那段时间，我脚磨烂了，拿摄像机的手磨破了，齐刘海变成了大背头，脸上被晒得足足黑了5个色号。天道酬勤，我笔下的石油故事得到了越来越多观众的认可，我更加坚定了我的选择，当个记者真好！

2012年，我工作满10年。10年时光，我与企业共成长。工作上我成了业务骨干，也带了徒弟；在家里，我已是一个3岁孩子的母亲。独山子石化也发展成为我国西部最大的石化基地。我用笔和镜头记录着企业发展的每一个宝贵瞬间，记录着石油人兴油报国的感人画面。

2017年大年三十，我去装置上采访一位杰出女性王静丽。

2017年大年三十深入一线采访员工坚守岗位

在化工控制中心采访公司劳动模范

她是企业污水处理的负责人，十年如一日和水打交道，在她和同事的努力下，独山子石化三年的节水量相当于一个西湖。企业绿色发展让天更蓝、水更清、生活更美好。采访她的时候，新年的钟声敲响，远处夜空放起了烟花，我看到她的眼睛湿润了。我能够理解她，我和她都是女性，都是母亲，都有感性的一面，看着我们的工作环境变得越来越美，我想这应该是幸福的泪水吧!

随着媒体发展日新月异，抖音、快手等社交媒体大有一统天下之势，这让我陷入了迷茫。看着流量点赞上不去，我心急如焚。如何突破困局? 直到遇到了张永海，我找到了答案。

张永海是独山子石化茂金属研发的科技带头人。茂金属被称为塑料中的软黄金，2017 年以前国内茂金属产品 90% 要靠进口，价格昂贵，属于卡脖子技术难题。2011 年开始，年轻的张永海选择了突破，一切从零开始。他和同事们日夜守在实验室里，错过饭点、耽误睡觉是常事。他曾经因为催化剂系统的冲洗工作得了腰肌劳损，正赶上回老家结婚，他是被人扶着上的飞机。他也曾为了数据分析，梦里面都在工作，睡着睡着突然噌地一下就从床上跳起来，把媳妇吓一跳，因

在百万吨乙烯裂解装置采访现场

为他梦到数据不见了。就这样，6年时间，2000多个日夜，他带领团队先后实施了茂金属系列11个牌号的新产品开发，均一次成功，填补了国内空白，打破了国外技术垄断，用户成本大幅度降低，让中国人用上了自己生产的质量、价格更优的产品。

采访完张永海，我拨云见日。作为媒体人，创新永远在路上。突破自己，要从零开始。在新的时代，我们要守正创新，要用脚力、眼力、脑力、笔力讲好石油故事。

2023年是我从事记者工作的第20年。20年来，通过和这些先进劳模面对面，我找到了前行的方向。通过采写他们的故事，我看到了笃定的目标，看到了不轻言放弃的坚持，看到了超越小我的情怀，这些都是成为一个好记者并且能讲好故事的宝贵财富。

20年，我的记者生涯足够精彩！下一个20年，未来可期！

扫码看演讲视频

追逐一轮圆月

玉门油田石油工人报社 杨 博

　　杨博，1989年12月生，中共党员，从事新闻宣传工作7年，玉门油田新闻中心融媒体部记者。玉门油田开发建设80周年系列活动期间，完成了多位国家、省部级老专家的采访任务。与中国石油影视中心配合拍摄央企楷模陈建军同志先进事迹系列报道，多次配合中央电视台、新华社、中国石油影视中心、中国石油报社、大学生记者团在玉门油田的采访活动。2023年10月获中国石油首届播音主持大赛"优秀播音员"荣誉称号；2022年11月《跨越》获2021年度中国石油电视新闻奖一等奖；2021年11月《明月万里寄相思》获2020年度中国石油电视新闻奖一等奖。

　　八年前有幸成为玉门油田的一名新闻工作者，走上新闻工作岗位前，我曾有过两年当采油工的经历。所有过往，皆为馈赠！这两年的经历让我对石油有了更深的感情，对石油员工的辛苦付出有了更真切的感受。而话筒前、镜头前只有情感真诚，方能引发观众共鸣。努力做到以情带声，声声传情。用声音做桥梁，向外传递活力满满的石油故事！

2020年10月1日,国庆逢中秋,万家盼团圆。然而,600余名玉门油田海外员工,正远离祖国和亲人,有的已在万里之遥的非洲坚守将近一年,有的冒着被新冠疫情感染的风险,逆风前行。当天,我的采访对象就是这样两个家庭。

周晓文是玉门油田乍得炼厂项目员工,有着3年多的海外工作经历。受新冠疫情影响,原本能够赶上在家过春节的他,直到9月22日才到达兰州。按照疫情防控要求,他还需要在兰州进行14天的隔离。至此,他已与家人分离了349天。

自2016年从事新闻采访工作以来,已记不清多少次采访报道节假日坚守岗位的石油员工,见证他们以岗为家、为油奉献的场景。这一次采访却是我第一次走进他们的家里,以另一种视角感受"月圆人难圆"背后的付出与遗憾。

当我和同事到达周晓文的家中时,周晓文的爱人陈哲与公婆正在准备晚餐,我们的采访从周晓文6岁的儿子周志远开始。他热情地为我们展示了爸爸每次回国带给他的礼物:上个假期,爸爸花整整三天时间为他拼装的变形金刚;电视柜中,他出生以来每年都会拍摄的全家福照片……介绍到后来,孩子的声音渐渐低沉下来:"爸爸说,要带我去上海迪士尼,还说要参加我的幼儿园毕业典礼,小学开学第一天要送我去上学,可他一直没有回来……"

周晓文的爱人陈哲是一名护士,平时工作很忙。为了帮忙照顾孩子,周晓文

玉门油田开发建设八十周年,"国庆一线行"采访活动

的父母从西安来到了酒泉。对于酒泉干燥、多风的气候，两位老人还不能完全适应。周晓文的母亲心脏不适，一直盼着他回来后，能去西安检查治疗。

晚饭时分的视频聊天，是周晓文一家多年来形成的习惯，也是他们最期待的时刻。尽管只能通过屏幕让周晓文饱饱眼福，家人还是精心准备了满满一桌的菜，红烧猪蹄、可乐鸡腿、醋溜土豆丝、茼蒿馅饺子……都是周晓文爱吃的。

"今天有月饼吗？"

"有！"

"什么馅儿的？"

"枣泥的。"

"你吃了几个？"

"我还没吃，就等着和你们一块儿吃呢！"

隔着手机屏幕，这边笑着问，那边笑着答！可刚刚挂断视频通话，这边的几人都已红了眼眶。

看着他们，让我想起了每一次节假日出任务时，家人劝慰我的话："没事，去吧，家里有我呢！""没有你陪，我们照样过节，照样开心！"

采访玉门油田水电厂锅炉车间检修现场

6 时 30 分，我们见到了第二家采访对象——玉门油田乍得上游项目采油厂员工史海峰及其家人。

2020 年 9 月，酒泉是为数不多的仍保持"零疫情"记录的城市，国内的新冠疫情也已基本得到控制，海外情况却不容乐观。作为家中独子的史海峰就是这个时候出发的。

由于同行者中有确诊病人密接者，一到乍得首都恩贾梅纳，史海峰和他的同伴们就被隔离了起来。从那天起，他每天都会按时按点报平安，如果哪天没有与家人联系，他们一定会寝食难安。

视频连线时，酒泉早已灯火璀璨，乍得正艳阳高照。"一定要吃月饼！"史海峰的妈妈一再叮嘱着。没能在临行前给儿子的行囊中装上一盒家乡的月饼，至今是她的一块心病。为了弥补遗憾，史海峰的母亲执拗地举着手机，不断寻找最佳位置，一定要让儿子看一眼祖国故乡的月。那晚酒泉上空的云有些多，月亮并不十分明亮，他们终是留下了遗憾。

我却不想给这次采访留下一点遗憾。从史海峰家出来后，我和同事一路追逐、

拍摄新闻《最美逆行者》，体验消防员的日常训练

一路等待，从小区楼下到门口，再到广场，终于在一个十字路口，拍到了万家灯火映衬下的一轮圆月，作为这次报道的最后一帧定格画面。

从兰州到酒泉，相隔约 700 千米，周晓文没能与家人一起吃上团圆饭；从恩贾梅纳到酒泉，相隔 7 个时区，那是黑夜与白天的距离，史海峰一家这边吃着晚饭，那边是午饭时间。那一天，我也错过了自己的团圆饭。从最后一个拍摄地到家，相隔不足 700 米，家人一直到 9 点多才动了碗筷，也没等到归来的我。

遗憾是有的，但我不后悔。这条题为《明月万里寄相思》的电视新闻，在中国石油影视协会举办的好新闻评选中获得了一等奖。

我追到了属于新闻人的圆月，周晓文、史海峰以及千千万万个海外石油人，又何尝不是在一路追逐自己的一轮圆月呢？

扫码看演讲视频

路

中国海洋石油报社 杨瑞君

个人简介

杨瑞君，1996 年 9 月生，共青团员，中国海洋石油报社记者、编辑，从事新闻宣传工作 4 年。曾参与"深海一号"超深水大气田投产融媒报道，全面跟进采写我国最长煤层气长输管道"神安管道"建设与投产全过程。

参与作品微纪录片《海油相册·红色记忆》获评第十六届全国党员教育电视片观摩交流活动优秀作品，独立作品微纪录片《气脉连、共向前》获评第三届中央企业社会主义核心价值观主题微电影优秀作品，消息《我国南海东部海域出现野生虎鲸活动》获评第九届国企好新闻文字消息类三等奖，个人获评 2023 年"新春走基层"全国性行业类媒体先进个人。

工作感言

神安管道是中国海油建设的第一条煤层气长输管道，黄土高坡上的艰苦环境、翻山越岭的宏大项目与锲而不舍的微渺个体，共同刻画了属于这个时代的风景。而这种以年为单位的对重大工程项目的跟进报道，也帮助我完成了作为记者的能力升级。何其有幸，我可以用我的笔和镜头见证一个国家兴海强国的坚定决心，记录一个行业勇立潮头的奋进历史，讲述一家企业能源报国的卓越历程。

这段惊险的视频，拍摄于一个叫作"萝卜沟"的地方。那里是陕西省和山西省交界处黄土高坡上的一处山坳。萝卜沟的路不长，只有短短300米，但整条路都位于坡度接近70度的山坡上，脚边是深不见底的山崖。我至今都还记得，站在那条路上，我连侧着身子转个弯都不敢，只能手脚并用地往上爬。一趟走完，我的嘴里、袖子里、鞋里、袜子里，全都是黄土。

走这条300米的路我花了30分钟。但过去五年间，这条路，白岩已经走了258次了。为什么要走这条路？为了修一条管道，把山西的煤层气资源送到雄安新区。

煤层气，是一种特殊的天然气。山西拥有丰富的煤层气资源，但一直很难开采出来。2013年，中国海油在山西临兴区块获得第一口高产气井，打破了外界普遍认为没有大型气田的认识。随后，一批批海油人由海转陆，临兴气田勘探开发"大会战"如火如荼。

到2020年底，中国海油在山西临兴气田探明天然气储量已达到千亿立方米。为了让这些清洁能源气润整个华北，神安管道来了。

前往神安管道建设现场采访

神安，指陕西省神木市和河北省安平县，两个地名，是这条管道的起点和终点。

它是目前我国最长的煤层气长输管道，全长623千米，是华北地区冬季保供的重点民生项目，横跨陕、晋、冀3省7市17县，年输气量可以满足2000万户家庭一年的用气需求。

27岁的白岩是我在神安管道工程项目现场的第一个采访对象。很巧，他是山西本地人。他最常跟我说的一句话就是，小的时候，家里的天是灰的，水是黑的。但自打用上了煤层气，空气变得好多了。

用白岩的话说，他是绿水青山的受益者，也是绿水青山的建设者。到2023年，白岩加入神安管道工程项目组整整5年。他负责的陕西—山西段总共70多千米管线，其中就包括萝卜沟一段。

这些路，白岩每周都得走一次。走得多了，哪块山头属于哪个村，去哪个桩要走哪条路，白岩都能记得清清楚楚。久而久之，白岩成了项目组的"活地图"。

在神安管道建设现场采访白岩

在神安管道穿越南水北调工程现场采访

做记者 3 年多，我每年都要去神安管道现场好几次，听到太多他们觉得普普通通而我总觉得惊心动魄的故事。有的人在黄土高坡上突遇沙尘暴差点找不到回营地的路；有的人被暴风雪困在山上很长时间才等来救援；更多的人在野外踏勘时一不留神摔得骨折……

但最难的，还是管道修建本身。神安管道经过的地方，有长达 90 多千米沟壑纵横的黄土塬，有包括黄河在内大大小小 70 多条河流，有南水北调这样的国家重点工程和京广线这种铁路大动脉。

神安要穿越它们，太难了。

管道东行，黄河是必经之路。为了让管道安全、环保地穿过黄河，项目组经理崔波带着大家做了很多准备。

他们用成本极高的定向钻穿越，又为黄河段定制更加厚实的管道，但最重要的，是在夏日的雨季里等待一个晴天，打通隧道的最后一米。

这一等，就是 3 个多月。终于，在 2022 年 9 月 17 日，我等来了崔波的消息，成功了！管道成功穿越黄河！

我真心为他们高兴。白岩，崔波，还有无数修管道的人，他们日日夜夜坚守在人迹罕至的山间河畔，等待的，不就是这样一个个小小的成功吗？

2022年12月，正值供暖季，神安管道全线贯通。我又一次来到黄土塬上。神木首站，那几段崭新的管道和阀门，在寒风中显得格外温暖。

崔波最喜欢听管道的声音。我学着他的样子，把耳朵贴到管道壁上。耳边传来气流快速流动的声音，仿佛一条大河在奔涌，却更加清脆、有力——管道，通了。

我问崔波，你会怎样形容这段与神安相伴的时光呢？

他说，这是他此生最难忘怀的"神安岁月"。"我亲历过华北缺气的困难，我是渺小的，但我和一项伟大的事业联系在一起。如果我的努力能带来一点点变化，那我的神安岁月就值得。"

是啊，渺小，在广袤的黄土塬上，人，是多么渺小啊！但就是这样一个个渺小的建设者们，在中国大地上，搭建起一条条能源的路。

作为一名常常与大海打交道的记者，我见过铺设在1500米深海海底的管道，也亲手触摸过通往香港和澳门的供气管道。过去10多年，海上、陆上天然气产业迅速发展，从没有气的地方找到气；为没有气的地方送去气。这就是每个石油人都在走的路！

一条条路的背后，是每一位石油人对低碳转型、绿色发展的使命追求。未来，可能依然崇山峻岭、惊涛骇浪，但我们仍将一如初心，以优质能源筑梦碧海蓝天！

扫码看演讲视频

关键时刻，我们都是战士

／长庆油田公司　张肖锋

个人简介

张肖锋，1981年10月生，中共党员，从事新闻宣传工作17年，中国石油长庆油田公司新闻中心新闻采访部记者。先后参与首届中国—中亚峰会、河南特大洪灾应急救援、长庆油田全国爱国主义教育示范基地揭牌等多项重点采访报道任务，成功拍摄中国石油董事长戴厚良会晤塔吉克斯坦总统拉赫蒙，中国石油与哈萨克斯坦、塔吉克斯坦签署战略合作协议，陕甘宁蒙各省区主要领导及中国石油主要领导到油区调研等一系列珍贵照片。作品先后获得中国企业新闻奖一等奖、中国石油新闻奖三等奖、陕西省新闻工作者协会企业报分会新闻奖一等奖等多项荣誉。

工作感言

非常庆幸和荣幸，能够成为一名新闻记者，在长庆油田高质量快速发展的征程中，见证了鄂尔多斯盆地内一座现代化大油气田的崛起，感受着长庆人为国加油争气的担当与豪情，寻找着能源报国路上那一个个感人至深的长庆故事。17年来，河南的洪水、西安的新冠、银川的细雨、陇东的初雪、延安的朝阳、苏里格的落日……渐变成一帧帧镜头、一张张图片、一个个铅字，成为铭记于心的特殊记忆。

2023 年是我做记者的第十七年。

这些年，我有幸见证了长庆油田不断刷新产量纪录，成长为中国第一大油气田，攀上年产 6500 万吨高峰；认真记录着在科技自立自强、管理日新月异、绿色低碳转型中，一座现代化油气田的崛起；也仔细寻找、深深体味着能源报国路上，那些温暖真实、直抵人心的长庆故事。

大家可能都知道，长庆油田在鄂尔多斯盆地找油找气，要和极为致密的储层展开较量。其实，这里的自然条件也很艰苦，我们在"磨刀石上闹革命"，也常常要与天斗、与地斗。

大家现在看到的是子洲气田的生产场景。它是长庆油田的主力生产气田。2008 年，点燃北京奥运会主火炬的天然气，大部分就来自这里。

举世瞩目的北京奥运会，是体育健儿展现风采、为国争光的舞台，而千里之外的天然气生产现场，则是长庆人担起使

采访苏里格气田冬季天然气保供

在河南洪灾现场采访

参与子洲气田灾后救援报道

命、为国"争气"的"战场"。为了天然气保供这场特殊战役的胜利，许许多多的采气人，付出了常人难以想象的艰辛。

这位女工名叫张颖，是子洲气田洲 15 集气站的一名普通采气工。

2017 年夏天，子洲气田遭遇五十年一遇的特大暴雨洪涝灾害，19 座生产场站、242 口气井被迫停产。灾后第三天，我来到受灾最为严重的洲 15 集气站。采访中我了解到，在山洪冲断高压输气管线，并即将上涨、淹没集气站时，是单薄瘦弱的张颖第一个冲进大雨，第一时间关上了管线阀门。

张颖的膝关节做过手术，平时碰不得一丁点儿凉水。但就在那个充满危险的雨夜，她和同事们一起抗洪、救灾，最终守住了小站，也守住了子洲气田。

后来，我写下了张颖的故事。我现在都还记得，这位性格爽朗的女工谈起面对的危险时无比淡定，但聊到自己的女儿，却流泪了。她说自己不是一个合格的母亲，陪孩子的时间总是太少。

如今，洲 15 集气站已经完成了数字化无人值守改造，前段时间，我在采访中又遇见了张颖，她已回到了作业区，当上了视频监控员。每年暑假，她的女儿总是会来作业区陪陪妈妈。我想，张颖的故事，也是咱们长庆油田高质量发展成果惠及员工的一个小小缩影。

在杨凌农高会现场采访

与一线员工面对面

2023 年 8 月下旬，长庆油田累计生产天然气突破 6000 亿立方米，相当于我国两年的天然气消费总量。"温暖万千家"的另一端，是无数个张颖"舍我一人寒"的不悔选择。

保障能源安全是我们的责任，守护人民安康也是。我要讲的第二个故事，也和洪水有关。

2021 年 7 月，河南地区遭遇历史罕见的特大暴雨洪涝灾害。接到应急管理部救援指令后，国家危化品应急救援长庆油田队紧急集结，第一时间奔赴灾区抢险。作为随队记者，我和队员们连夜出发，冒雨行进上千公里，到达了受灾特别严重的河南省新乡市。

这是长庆油田第一次参与国家级应急救援工作，也是我第一次深入灾区进行采访。

当时的新乡，到处都是汹涌的洪水，街道成为河流，公园变成湖泊，大部分地区积水超过一米，并仍在不断上涨，让人感到绝望和害怕。

灾情就是命令！我们没有时间犹豫，就立刻展开了救援。

十二天里，我爬上运送泵组的重型卡车，穿行于暗流涌动的及腰深洪水，进入被化学药品污染了的危险厂区，下过居民小区幽暗深沉的水淹车库，在漂浮着油污和垃圾的工厂、街头采访，尽我所能记录好救援故事。

我也被这些故事深深感染，主动参与到救援中，和队员们一起喊着"123加油"，冒着可能溺水、触电、中毒的风险，一次次抬起重达数百公斤的抽水管，一趟趟抢运着救援急需的物资。

这是我记者生涯中最难忘的记忆。忘不了小区居民们喜极而泣的呼喊："救援队来了！党和国家派人来救我们了！"忘不了80多岁的老人，蹒跚走下28层高楼，却只为了看队员们一眼。更忘不了救援队员们逆水前行、鏖战洪魔的勇毅身影。

一位小姑娘送来了感谢信，信中说："敬爱的长庆英雄们，真的真的很感谢，这几天的焦虑不安，在见到你们时全部烟消云散，从头到脚的安全感包围着我，心里的感激不知如何去表达……家里只剩这五瓶酸奶了……还有卫生纸，可以擦擦汗……"

送信的小姑娘叫司一帆。她流着眼泪，塞给我们五瓶酸奶。这是她家冰箱里仅有的物资了。那一刻，现场每一名队员的眼睛都湿润了。

救援结束，灾区群众紧紧握住我们的手，久久不愿松开。他们说："新乡人民永远不会忘记长庆英雄！"

那次救援，我的双脚因长时间浸泡污水，红肿得穿不上鞋，走起路来针扎一样疼。但我不后悔。

我明白，记者也是战士。

关键时刻，每一名石油人都是战士，我们会冲在最前。我们，永远是党和人民最可信赖的石油力量！

扫码看演讲视频

守护远方的"家"油站

中国石油四川销售公司 何 悠

个人简介

何悠，1989年9月生，中共党员，从事新闻宣传工作10年，中国石油四川销售分公司党委宣传部融媒体中心记者。在"11·22"康定地震、"6·17"长宁地震等突发灾害后，作为一线记者第一时间赶赴震中，采写报道中国石油作为央企参与抗震救灾的责任与担当；在位于海拔4000米的川西高原，全程参与采访并拍摄完成的微电影《占哇的春天》荣获亚洲微电影艺术节"优秀作品奖"；采写完成四川销售冲刺和实现千万吨系列报道10余篇在《中国石油报》全媒体平台推出，为四川销售建成中国石油首家千万吨级销售企业营造了良好氛围。获得中国石油集团"宣传思想文化工作先进个人"和中国石油报社"三星级记者"称号。

工作感言

十年来，我从青涩走向成熟，深感新闻工作者的不易，却也享受于那一份专属的幸福。或许，很少能有一份工作，可以如记者一样，永远保持内心的热忱，永远对世界抱有好奇。总是行走天地间，遇见不一样的风景，见人间悲喜，见世相万千。记者，记录者，记录着……希望自己永远都在路上，每一天都有成长、有收获。

　　大家或许知道，四川销售是中国石油最大的销售企业，年销量连续多年突破 1000 万吨。大家或许不知道，四川省总面积 48.6 万平方千米，川西高原就占了 23.6 万平方千米，近乎一半。川西高原并不是高效市场，或许不在那里投建太多站点，四川销售的经营质量会更好。

　　然而，随着多次深入川西采访后我发现，加油站除了是销售终端，更有着十分重要的经世济民价值。

　　2020 年，我和一位老记者从成都出发，在川西高原穿行了近 2000 千米。一路西行，似乎更加读懂了高原加油站存在的价值和意义……

　　入冬后的川西北高原平均气温陡降到零下十多度。深夜 11 时，在四川销售最北端海拔 3500 米的花湖加油站，正是加油晚高峰。一下车，刺骨的寒风扑面而来，可以很清楚地听到加油站罩棚被大风吹得呼呼作响，手和脸也被冻得很疼。罩棚下，站经理扎西措和当班员工泽让措裹紧了棉大衣和棉帽，不停在原地踱步、反复揉搓着双手让身体感觉暖和一些，依旧热情地招呼着连夜赶路的客户。

2020 年川西高原采访之行首站——四川销售岷江分公司鱼嘴加油站

第二站，在岷江分公司茂黑片区采访分别在中国石油两座站担任站经理的王梅和王燕两姐妹

花湖加油站地处若尔盖县花湖镇，周边草原水资源非常丰富，却无法饮用。四川销售也多次尝试通过打井等方式解决用水难的问题，但由于水质差无法根本解决。花湖站生活用水除了夏天接雨水、冬天化冰雪，大部分时间都是要到26千米以外的水源地取水，对花湖站而言，水比酥油还要珍贵。

花湖加油站外的213国道是四川通往甘肃的交通要道，车流量非常大，且大多都是长途跋涉的大型货车和水泥罐车。为了能更好地为进站车辆提供用水等延伸服务，每隔一天，扎西措和站上员工都会轮流到水源地取水。

一车五桶50千克的水，一部分用来满足站内员工的基本生活，另一部分用来制作奶茶或提供给往来的司机，还有的则是送给了周边年老体弱没有条件到远处取水的牧民。久而久之，这也成为加油站的一种习惯，更成为周边牧民的一种依赖。

夜幕降临，若尔盖大草原一片寂静，花湖加油站的灯光老远就能望见。在牧民心中，花湖加油站不仅是加油的地方，更是家的坐标。

2023年暑假，又一波游客去到丁真的家乡——四川省甘孜藏族自治州理塘县打卡。这一次，他们在雅江县往返理塘县的130多千米路上，终于有了可以停靠的"港湾"。

中国石油四川销售海拔最高的加油站，历经 4 个月，终于在 2022 年 11 月完工投运。这座站改变了这个海拔 4200 米的高原地区周边百余千米没有加油站和游客落脚点的现实状况。

由于海拔太高，环境尤其艰苦。施工队员接连出现严重高原反应，在 20 余批共计 100 多位施工队员的接力奋战下，雅江红龙站最终完工。投运又正赶上高原天气最恶劣的冬季，即便身体素质很好的员工也都出现了严重的高原反应。

四川销售很快为每间员工宿舍配备了制氧机，帮助员工们尽快适应了下来。就是这批制氧机，后来也成了出现严重高反到站求助游客们的"救命机"。

2022 年春节，站经理阿加彭措特意购买了很多寓意吉祥的车内挂饰，送给返乡路上的人们，祝福他们早日平安回家。在冬季，过往司机更容易出现头晕脑胀等高原反应，开车风险很大。阿加彭措总是抓紧时间和司机师傅们说说话闲聊一下，让他们紧绷的神经可以适当放松。

阿加彭措的妻子拥忠在 200 公里外的新都桥加油站工作。2023 年的七夕，甘孜分公司团委组织青年志愿者给坚守一线

走进中国石油四川销售公司帮助解决就业问题的藏族村民家中采访

的油站夫妻们送花送祝福，正好碰上新都桥加油站附近交通管制，只有妻子拥忠没有收到鲜花。已经两个月没有见到妻子的阿加彭措想要给妻子一个惊喜。

精心为妻子挑选了一个保温杯，趁着休息，阿加彭措坐了3个多小时的车到了妻子的站上，到达时天已经黑了，妻子正在加油岛上忙着。他把杯子递到妻子手里，说："希望你身体暖暖的、心也暖暖的！"

夫妻二人就这样一同坚守在雪域高原，共同守护着过往车辆的平安出行。

如今，位于川西高原的加油站，在四川销售新能源转型发展中走在了前列，加油站光伏发电网络已覆盖阿坝州14座站点，累计发电45万千瓦·时。川西高原石油人也将继续温暖守护远方的"家"，照亮前行的路。

初冬大雪后，川西高原气温降至零下，结束花湖加油站的采访后何悠与当班员工开心合影

扫码看演讲视频

走进平凡的人生

中国石油黑龙江销售公司 崔智超

个人简介

崔智超，1987年5月生，中共党员，从事新闻宣传工作10年，中国石油黑龙江销售鸡西分公司市区党支部组织委员、派驻记者。十年来累计刊发各类宣传稿件400余篇。在2020年新冠疫情、2022年黑龙江特大暴雪期间，深入一线单位开展采访工作。多年来在《参花》《雪花》《鸡西日报》《鸡西晚报》《鸡西矿工报》刊发多篇散文，参与撰写鸡西市兴凯湖饮水工程报告文学。2021年获中国石油黑龙江销售公司"青年五四奖章"；2017年、2020年、2022年获中国石油黑龙江销售公司"优秀党务工作者"称号；曾荣获中国石油新闻工作者协会颁发的新闻二等奖。

工作感言

我常常一个人出发，去往陌生的环境，去贴近一线，走进基层，去感受那里的人和故事，并将他们的故事带到大家面前。当我的报道被人们夸赞时，我感到无比的幸福和满足，这让我感受到了自己的价值和能力。

我会始终保持勇于拼搏的劲头儿，努力做到腿勤、口勤、手勤、脚勤，去发现和挖掘更多的新闻，用一个又一个鲜活的人物故事传递正能量，为企业的健康发展添砖加瓦，更为祖国的繁荣富强贡献力量！

2020 年的大年初四，就在全国人民沉浸在春节的喜悦之中时，我接到单位的电话，说密山市铁西加油站发现持武汉加油卡的顾客到站加油，通过系统查验，发现这张加油卡在 6 天前，曾在武汉一座加油站有过刷卡记录，当时正值武汉新冠疫情的爆发期。

为了深入了解这座站的员工状况，我独自驱车 1 个多小时，来到铁西加油站。

当我到站的那一刻，看到的景象是站内的所有员工做好个人防护和消杀等工作，并且有秩序地为到站车辆加注油品。

站经理名叫宁富，是位有着 25 年党龄的老党员，他对我说："从除夕夜开始，我们就守在站里了，已经连续 5 天了，新冠病毒不是小事，不能因为我们的疏忽大意影响了大局。"

在临走时，宁富见我没有佩戴 N95 口罩，还特意送了我一只，并关心道："为了安全，你回家也要隔离。"

就在春节长假结束的当天，我接到宁经理的电话，他告诉我那位来自武汉的顾客经防疫部门再三检查，确认不是新冠病毒的携带者，警报彻底解除。

到鸡西分公司阳光加油站采访加油站员工

在加油站拍摄视频

　　我的警报虽然解除了，但整个国家、整座城市的警报还没有解除。在接下来的一个月内，鸡西市突然间成为新冠肺炎的重灾区，新冠确诊病例数量一度攀升到全省前列。

　　记得那天，当我一觉醒来时，发现小区封闭了，道路封锁了，整座城市进入了静默状态，而为了保障油品的正常供应，我们的加油站依然在 24 小时不间断营业中。

　　加油员他们还好吗？这是当时我心里的一个疑问。

　　为了了解加油站员工的状况，我在单位的帮助下，向防疫部门申请了通行证，凭借这个通行证，我便可以去往城区的每座加油站。

　　由于道路交通封锁，所有单位车辆和私家车辆禁止上路通行，所以起初的两天我只能步行到加油站进行采访。在这个紧要关头，单位的一位老同志将自己的自行车借给我，在之后半个月的时间里，我便骑着这辆老旧的自行车，行驶在空荡的马路上，偶尔能够看到拉响警报的警车和急救车在我身边呼啸而过。

　　在寒风料峭的季节，我用镜头拍下了一个又一个疫情之下员工们工作和生活的剪影，更把龙江销售员工战疫的实况向外转播。

也正是因为这场疫情让我看到了许许多多平凡的人，他们在大疫面前，不畏艰辛，不惧困难，用踏实肯干的作风和一个又一个感人的故事彰显出石油人的担当，用默默的奉献和忠诚的坚守保障着油品供应，让我知道了忠诚与担当的真正含义。

说到忠诚担当，就不得不提到我认识的一位站经理，他的故事让我感动，他叫陈文科，是一名普通的乡村加油站经理，他所肩负的使命就是负责油站周边几个村屯和部分农垦区域的油品供应。

近年来，随着成品油市场的持续开放，有不少人打起了倒买倒卖油品的歪心思。在北方的农业县市，小油槽兜售低质油品坑害农民的事层出不穷。

大概从 2016 年起，为了打击油贩子的嚣张气焰，陈文科转守为攻，主动出击，用自家小货车为广大农户义务送油送货。

在加油站现场拍摄员工日常工作

2018 年 1 月，我驱车 200 千米来到陈文科所在的忠诚加油站，一路跟随他下乡送油。虽然此前我曾多次来到过这座小站，可当我坐在陈文科的小货车上，和他一同下乡的那一刻，我才知道什么是艰辛。

冬季的黑龙江，道路结冰，天空中还飘洒着雪花，陈文科一路开得很慢。在路上我们聊了很多，从工作到家庭，从销售到服务，我像是一个求知若渴的学生问着诸多问题，想从他的回答中去探求他是一个怎样的人。

每逢春耕秋收时节，陈文科凌晨 3 点准时起床，5 点第一车油已经驶出油站，深夜 10 点多才回到家。每日平均行驶百余公里，送油三四次，忙碌时每天只顾得上吃一顿饭。八年来，陈文科累计送柴油 1000 余吨，合计 6000 余桶，送油行驶里程累计 8 万余公里。

我清晰地记得，那天我们送完最后一车油的时候，天已经黑了，我看着陈文科伫立于油岛上的身影，那一刻我强烈感受到"爱岗敬业、忠诚奉献"八个字的真正含义。

在此我想说，感谢有他们的一路相伴，我相信每个石油人都是平凡的，但每个石油人的背后又都有着不平凡的故事，我愿意去聆听他们的故事，去见证他们的不平凡，用手中的相机和纸笔，去记录他们精彩的人生，同时将他们的故事带上这个舞台！

扫码看演讲视频

遇见四川"开油找气" 70 年人和事

/ 川庆钻探工程有限公司 刘 玉

个人简介

刘玉，1988 年 3 月生，中共党员，从事新闻宣传工作 3 年，川庆钻探工程有限公司井下作业公司新闻站副站长。曾策划、采写四川地区 1952—2023 年压裂酸化专业、固井专业发展历程，撰写 2 篇万字深度报道。作品获中国石油集团新媒体内容创作大赛图文作品三等奖、中国石油集团油田技术服务有限公司"弘扬铁人精神，讲好技服故事"主题征文大赛企业层面作品一等奖、四川油气田 2022 年度优秀新闻作品通讯类一等奖。

工作感言

2023 年，当我获悉我国在页岩气领域首项国际标准正式发布时，十余年来在稿件上的一切记录与追寻瞬间有了答案。从莫尔斯发明电报到我们拥有天宫空间站、北斗卫星导航，时光跨越了近 200 年；从钻成威 201 井到我们发布页岩气领域国际标准，却仅仅 13 年。这是时代给予我们这一代人的幸运。当我们写尽一日、一事、一井的平凡日常，就是在时光之中提前写好了一个时代步步来临所迈出的每一步。

笔墨所致，共赴时代。

　　一段历史，应该如何讲述？

　　一次记录，又应笔落何处？

　　2010 年，我入职川庆钻探工程有限公司井下作业公司。作为一名工程技术人员，兼职新闻通讯员。那时的笔下，多是"豆腐块"，是只有时间、地点、工程记录构成的短讯。方块字硬邦邦的，全是更新的数据、变化的井场。我经历的现场明明有过那么多的人和事，却在文字里没了身影。新闻到底应记录什么、留下什么？

　　2021 年 2 月，我成为专职新闻通讯员。有了更多的采访机会、更广阔的创作空间，去寻找问题的答案。砂粒贯穿了页岩气工厂化压裂全过程，我尝试创作《一粒砂的故事》，记录一颗砂粒从实验室到物资供应站，再到现场，最后达到目的层段的全过程，并以此为线索展现页岩气压裂发展成效。砂粒在不同地方遇见了不同的人，我的同事和砂粒产生了交集，在稿子里有了身影。

| 历时月余，记录奔波在不同井场的同事和他们的一日三餐

后来，在《一日三餐，不止平凡》中，我又对焦奔波在不同作业现场的同事，写他们随遇而安的一餐一食和四季故事。这让我意识到，新闻有人，才有情。冰冷的数据因为背后的人和事，才有了温度，也有了更多的意义。

我需要确认这份温度。2022 年初，我主动申报选题，以川庆井下公司压裂酸化专业发展为切口，追寻四川石油人"开油找气" 70 年的时光故事。可我并不确定仅仅有温度，是否足够承载 70 年的漫长。我相信采访会给我答案。

压裂酸化作业是实现油气增储上产的重要组成部分，压裂车则是必备设备。凭借公司档案资料和第一轮采访，我大致整理出四川压裂设备的发展脉络。1952 年，石油师挥师入川。1955 年，依靠固井设备进行酸化作业初探。20 世纪 60 年代中期，四川正式开始进口专用压裂设备。进入新世纪，全面国产化的高性能设备已遍布川渝，压裂酸化规模、作业工艺突飞猛进。我知道仅是完善不同设备的型号、性能和技术发展，就能洋洋洒洒写出万字有余。可是这又回到最初冰冷的数据新闻，我想有温度地记录，我想要故事里的人和事

细致采访工厂化压裂作业现场的每一个细节

站在车前逐一了解设备结构与特性

产生交集。

公司资料里，1965 年红村会战的细节已经凋零，指向发现威远气田的历史节点。曾参与威远红村后期酸化作业的刘同斌向我展示了他的工作笔记本。他告诉我，当时来自苏联的技术资料并不能直接转化为应用，压裂酸化技术发展必须自力更生。对于他们来说，早期的酸化施工能否成功尚是未知数。即使发展到 20 世纪七八十年代，酸化从业人员关于改造规模的选择还依旧争论不休。

这是采访对历史细节的放大。我突然明白，表达不仅要有温度，还有比温度更滚烫的内核。第一代的四川石油人在贫瘠的设备、技术资源里小心翼翼，却又步伐坚定。他们从转业入川那日起，就誓言在碳酸盐岩储层里找到大气田。是他们迈出了第一步，才能有后来我们一起走过 70 年漫长岁月，在四川建成了 300 亿立方米的大气区。

李国庆，是 20 世纪 80 年代两个国家级科研项目的领衔人。对他的采访，让我清晰地确认比温度更滚烫的内核，叫作家国情怀。改革开放后，四川石油管理局对国际合作敞开了怀抱，先后引进了斯伦贝谢、哈里伯顿等国外公司来川服

70年岁月被转化为铅字，向岁月致敬

务。新理念、新工艺的到来，给予压裂酸化从业人员巨大冲击。落后就要受制于人，李国庆和那一代的科研人背水一战，成功研制泡沫酸、胶凝酸等酸液体系，紧紧追赶上了国际发展步伐。

再后来，我又遇见了慎重保存了HQ2000型压裂车长达25年、多达92项设备改进方案的设备管理人员杨文伟。遇到了能够在压裂试压过程中，手动控制压力以2兆帕均匀攀升的70年代压裂车操作手刘泽绪。遇见了更多来自不同岗位上的人和事。采访中，他们从未提及家国天下的壮志豪言，却任由青春流逝，汇入了四川"开油找气"70年的历史洪流。

都说岁月无情，似水流年。有温度的新闻何惧时光！我把他们的故事写成了《压裂车及井下人的燃情岁月》，把平凡的日常、温情的细节，写进时代的故事，向历史致敬。

扫码看演讲视频

希望的颜色

吉林石油报社　刘明昊

个人简介

刘明昊，1990年2月生，从事新闻宣传工作15年，吉林油田新闻中心记者。长期关注国内外油田勘探、开发、生产等方面的动态，多次深入油田一线，亲身体验石油工人的辛勤付出，曾采访中国首桶零碳原油生产一线员工，制作短视频《职业驱碳人》，生动记录下他们的奋斗历程。作品曾获得中国石油好新闻奖二等奖，个人获吉林油田2020年度十佳记者、吉林省朗诵比赛一等奖。

工作感言

　　作为一名记者，我深感责任重大。新闻是社会的镜子，它反映了社会的现状和发展趋势。我们的报道应该真实、公正、客观，为公众提供准确的信息。同时，我们也要敢于揭露社会的不公和弊端，为社会的进步和发展做出贡献。在这个过程中，我们需要不断学习新知识，提高自己的专业素养，才能更好地履行我们的职责。虽然工作压力大，但是当我看到自己的报道能够帮助到别人，能够引起社会的关注和改变时，我觉得一切都是值得的。我会继续努力，做一名合格的新闻工作者。

第一次听到"记者"这个名词的时候，感受是模糊的。记忆中它就是一个奔忙的行业。脚步踏遍每一个有新闻发生的现场，镜头记录的是一个个新闻事件的直击人心与惊心动魄。后来我走出校园，"记者"这个名词就成为我的职业。10多年的采访生涯我见过查干湖碧水蓝天的生态底色，见过家乡沃野千里的壮观景象，见过石油工人汗流浃背的忙碌身影，也见过吉林油田老一辈石油工作者的坚守与执着，而我最难忘的就是见证了我国第一桶"零碳原油"的诞生。

伴随着吉林油田新立采油厂Ⅲ区块光热系统正式并网运行，亚洲最大的陆上采油平台集群零碳示范区建成投运，我国第一桶"零碳原油"在此诞生。9年前，就是这片土地，吉林石油人金戈铁马，在一片荒芜的沼泽之地开辟出了一条大井丛集约化开发、效益化发展的全新路径。看着那一排排拔地而起的"钢铁侠"颔首欢歌，可以说我真的是心潮澎湃。

2021年在吉林油田二氧化碳开发公司采访

2023 年在吉林油田新立采油厂零碳示范区采访

当时，我面对镜头，激动得不知所措，但我依然用铿锵的语气说道："吉林石油人用无限创新的思想革命，创下了一大亚洲奇迹，书写了老油田逆袭建产的伟大传奇。"在短短的 9 年后，依然是在亚洲最大的陆上采油平台，依然是当初那一群设计者、建设者、管理者，不同的是，这里的产量不仅一直在箭头向上、稳中有升，还始终有光、有风等新能源的"加持"。而且，时至今日，原油的生产过程已通过使用风力、光伏等新能源电力，完全取代了传统煤炭电力，并逐步减少二氧化碳排放，最终生产出 "零碳原油"。这是吉林油田，更是中国石油践行国家"双碳"战略，在绿色生态开发建设中捧出的又一重大成果。

"无中生有"的过程，是吉林石油人艰辛努力的过程。我也因一次次跟进采访，总能回忆起其中的点点滴滴。

我曾采访过当时一名重要的建设者——王柏静。作为主抓整个生产建设的副厂长，他曾一遍遍动情地回忆，就在仅有两万平方米的平台上，每天十几支队伍、几十台设备、上千人同时施工，整个春夏秋冬，立体交叉作业，人机不停，环环相扣，在现场常常会看到作业工人困了、累了就躺在井场上眯一会接着干的场景。我也曾多次在生产现场见到过新一代大井丛管理者庄文丰。年纪并不大的他，头发早已花白。2016年，大平台在吉林油田首次投产，当时身为采油队长的庄文丰连续在现场吃住一个月都没有回家，这摸摸、那看看，整天跟在专家的屁股后面一遍又一遍虚心请教，直到把这新鲜玩意的建产方式和技术问题都弄明白，他才罢休。年轻的潘若生带领团队高擎科技"利剑"，一路披荆斩棘，攻克多项关键技术瓶颈，最终，形成了吉林油田独具特色的二氧化碳驱油与埋存技术。还有青年技术骨干王江平，在过去近两年的时间里，他天天泡在风光发电项目的建设现场，泥巴沾满了裤腿，汗水湿透了衣襟……寒风再冷、夏日再烈，也没

录制《职业驱碳人》短视频

能浇灭他奋斗的激情。直到查干湖畔转起了"大风车"，中国石油风电项目的首台风机并网运行……

　　而这些，只不过是吉林油田多能互补求转型的一个个缩影。作为一个开发了 60 余年的老油田，近年来，吉林油田积极抢抓国家实现"双碳"目标所带来的机遇，全面实施原油、天然气、新能源"三分天下"战略布局，以绿电、绿氢和二氧化碳利用为纽带，推动上下游一体化协同发展，全面融合，替代加速，加快构建绿色产业结构和低碳能源运行体系，开启了绿色低碳转型发展的新征程。

　　作为一名石油记者，我知道，这，就是吉林油田希望的颜色！这颜色，是我们在石油行业中培养和传承的一种精神力量，它代表着我们对生活的热爱、对科技的追求、对石油事业的坚守以及对社会责任的担当。让我们手捧着这份希望，追随石油人的足迹，发扬石油人的精神，牢记石油人的意志，踏着石油人的脚步坚定地走下去，不畏艰险，艰苦创业，忘我工作，求真务实，为国争光，为国争气，不忘初心，砥砺前行！

扫码看演讲视频

用大庆精神报道大庆油田

/ 大庆油田报社 韩 陆

个人简介

韩陆，1992年5月生，中共党员，从事新闻宣传工作4年，大庆油田报社新闻采访部记者。担纲大庆古龙陆相页岩油国家级示范区建设推进会暨示范区揭牌和古页油平1井揭碑仪式，中央主题教育第44指导组组长焦开河和中国石油集团党组书记、董事长戴厚良一行到大庆油田开展主题教育调研等采访撰稿任务。作品《以青春之名，守赤子初心》获黑龙江省"读书成长季"个人奖项一等奖，个人获得大庆油田第四届新时代青年先锋提名奖。

工作感言

记者是充满光荣与责任的职业，也是充满挑战和艰辛的职业。记者或许就是急着，急着往返于各个现场，每天不是在采访就是在采访的路上；记者或许就是记着，记录伟大时代的日新月异，记录企业发展的重要时刻。

新闻从不是几页冰冷的纸张，新闻文化工作者的"国之大者"，最终落脚点一定在脚下、在笔中、在镜头里。作为大庆油田记者，我将继续坚持用大庆精神报道大庆油田，讲好大庆故事、传播石油声音。

　　我生在油田、长在油田，如今成为一名油田记者。入职的第一天师傅就告诉我，用大庆精神报道大庆油田是油田新闻战线的优良传统。说实话，当时我对这句话的理解还不是很深刻。2023 年，铁人诞辰 100 周年，我加入了专题报道组，采访写稿过程中，铁人当年那些铿锵有力的话语再次在耳边响起，我不由得认真思考，大庆精神到底是什么？

　　回首这些年的采访经历，每一条战线、每一支队伍、每一个故事都有大庆精神的影子。其中，让我记忆尤为深刻的是铁人带过的队伍——大庆钻探铁军。多年来，他们传承弘扬大庆精神铁人精神，无论是在油田内部还是国际国内市场，都能看到他们听党话、跟党走、立新功的生动实践。

　　2021 年 8 月 28 日，大庆古龙陆相页岩油国家级示范区揭牌仪式举行，标志着大庆油田古龙页岩油发展进入了新阶段。

在页岩油施工现场采访

　　古龙页岩油是陆相页岩油。打这种井，国内没有先例，在国际上也是空白。面对前所未有的挑战，钢铁 1205 钻井队主动请缨，奔赴新战场。为了记录页岩油勘探开发过程，留好第一手资料，施工现场成了我们新闻人第二个办公场所。

　　记得那是 2020 年 8 月的一天，正值雨季。按照计划，我和同事要到古页油平 1 井施工现场采访，道路修缮加上连日降雨，进井路泥泞不堪，采访车辆根本无法进入。看着远处的井架，再看看近 40 公斤的设备，我们说："这不就是人拉肩扛嘛，走！"我们深一脚浅一脚地在泥路上前行。登上钻台，我看到钻井工人，泥水、雨水、汗水混杂在一起，顺着脸颊流淌。采访中，工人师傅跟我说，夏季的高温、蚊虫还好对付，但是冬季的寒冷着实难熬。东北的冬季是出了名的冷，大雪纷飞、寒风刺骨，但置身页岩油施工现场，让人体会到，这世上还有一种冷，叫荒郊野外的冷。平时在市区轻柔的雪花，

在庆玉 1 井施工现场采访

此时在狂风的推动下犹如一粒粒"小钢珠",打在衣服上噼里啪啦作响。虽然室外是零下 20 多度,但工人们个个都是满头大汗。低温下,汗珠瞬间变成了冰滴。完工后,他们无法立刻脱下工服,必须在值班房里站一会,因为柔软的衣服此时早已变成了坚硬的"铠甲"。

困难面前有我们,我们手下无困难。就在前几天,队长张晶告诉我,他们刚刚创造了新纪录,把钻井周期从最初的 113 天缩短到了不足 10 天。在全新的战场上,钢铁队伍凭借敢于战天斗地的劲头,不断刷新着"古龙速度"。

老话说,在家千般好,出门万事难。随着大庆油田"走出去"步伐的不断加快,大庆石油人的足迹遍布大江南北,市场扩大到国际国内。

2023 年是我国提出共建"一带一路"倡议 10 周年,7 月份,我随采访组赴新疆,走近"一带一路"上的大庆石油人。

新疆,这里有被誉为"生命之河"的塔里木河,也有"死亡之海"塔克拉玛干沙漠。

8738.29 米! 不久前,一个崭新的"大庆深度"在塔克拉玛干沙漠庆玉 1 井施工现场诞生,刷新了大庆钻探新纪录,"死亡之海"开出了幸福"石油花"。

历经 4 个小时的长途跋涉,我们到达了庆玉 1 井施工现场。一下车,迎接我们的不仅有热情的"家人",还有那无情的风沙。采访中,我了解到,持续不断的高温、突如其来的沙尘暴是这里的"常客"。当天气温 40 摄氏度,沙子表面温度超过 60 摄氏度。在这样"上烤下蒸"的环境里,别说工作,简单的行走就会让人大汗淋漓。谈及恶劣的环境,工人们只是微微一笑。他们说,常年在沙漠施工,早就习惯了。

谈笑间,夜幕降临,气温降了下来。我观察到,工人们都会到沙丘上坐一坐,钻井队副队长屈波告诉我,他们面向的是家的方向。

通过几天的相处，我注意到，黝黑的皮肤、干裂的嘴唇、汗水浸透的红工服是他们共有的特征，也是多变的环境赋予他们的独特"妆容"，但这"化妆"的时间可不是一天、两天，而是十年、八年。在大漠深处，"有条件要上，没有条件创造条件也要上"与"只有荒凉的沙漠，没有荒凉的人生"在碰撞交织。

哪里有油田队伍，就把脚步迈向哪里；哪里有当好标杆旗帜、建设百年油田的生动实践，就把目光聚到哪里。作为大庆油田记者，我将继续坚持用大庆精神报道大庆油田，讲好大庆故事、传播石油声音。

扫码看演讲视频

为职责负责　为精彩喝彩

大庆油田文化集团有线电视台　王继伟

个 人 简 介

　　王继伟，1984年8月生，中共党员，从事新闻宣传工作16年，大庆油田文化集团有线电视中心要闻采访部记者。2022年2月，独立采写上送央视新闻频道《风雪巡线护暖流》；2022年5月，配合央视完成访谈节目《王德民　一生许大庆》；2023年1月，配合央视一套《焦点访谈》完成采访报道《新时代新征程新伟业　向创新要发展》。2021—2022年度获评《中国石油报道》优秀一线记者。

工 作 感 言

　　大庆精神铁人精神历久弥新，需要我们一代代传承发扬下去。新时代油田广大干部员工学铁人、做铁人，为端稳端牢国家能源饭碗挥洒辛勤汗水，这些火热的实践需要在更广阔的平台进行宣传报道，而牢牢树立大庆油田标杆旗帜就是我们油田新闻工作者的重任。我将在记者岗位上持续提升自己的业务能力，积极与国家主流媒体对标学习，创作出更多"接地气、冒热气"的新闻作品，继续讲好新时代的大庆故事。

　　记录伟大时代，讲好油田故事，这是一名石油记者的职责。在与油田共同成长的每一天里，都有许许多多精彩的故事正在发生，今天我想分享一个"同走巡线路"的故事。

　　2021年春节前夕，中宣部要求各地各新闻单位要把"新春走基层"活动作为重要开篇，为迎接党的二十大胜利召开营造良好新闻舆论氛围。通知下发后，大庆油田高度重视，迅速行动。1月21日，我们接到了一个极具挑战性的任务——大庆油田拟向央视上送一条以天然气保供为主题的走基层报道，反映大庆油田广大干部员工在极寒天气下为保障工业及民生用气奋勇拼搏的生动实践。能不能及时采写出高质量的新闻，争取在央视播出，我们的压力非常大。铁人有句名言："井无压力不出油，人无压力轻飘飘。"摄制组的小伙伴们抛开杂念，全力以赴！在迅速确定采访对象后，我们和天然气巡护工老范的故事就这样开始了。

与范师傅一起赶往巡线路的起点

范永臣在管线桥架上对输气管线进行安全检测

　　老范名叫范永臣，是大庆油田天然气分公司的一名普通
管线巡护工，还有几个月就要退休的他，是一名责任心强、
经验丰富的老师傅，班里的员工都叫他"老范"。熟络起来后，
我们也成功解锁这个亲切的称呼。走基层报道在我看来最
重要的就是真实记录，去挖掘平凡工作中蕴含着的动人故事，
要做到这点，良好的沟通无疑是第一步，然而老范有着大多
数油田基层员工共同的特点——不怕苦不怕累，就怕面对镜
头去表达。刚开始回应我的问题时，老范每次都是"挤牙膏"
似的表述，见他有些紧张和不擅言谈，我和他拉起了家常，
聊起了他的爱好、工作，再聊起巡线路上遇到的一些小故事。
渐渐地，老范打开了话匣子，说起了选择这个岗位的初衷，
也说起了一些从未对人说过的感悟："有些管线经过的地方
车根本进不去，必须要徒步巡检，我每次巡检大约要徒步走
10千米。他们问我，这么多年你还没走够啊？我倒觉得，这
一路的风景是总看不够，不但工作完成了，身体也锻炼了！
别看我快退休了，我那帮老哥们儿身体都没我好，真想再多
干几年呢！"老范说这些话时语气里透出的坚定和自信深深
感染了我们，这不正是我们寻找的油田员工可爱可敬的一面
吗？而在随后的新闻拍摄中，老范也用实际行动证明了他没

有"吹牛"。攀上7米高的管线桥架、手脚并用翻越雪坡、零下30摄氏度的气温里检查设备……在集中拍摄的几个小时里，老范向我们展示了过硬的技术和"铁人"般的体格。

每条线路、每个装置，老范都如数家珍，拍摄中没叫过一声累，他的这种工作劲头儿也感染着我们。记得拍摄中要穿过一片芦苇荡，我们的航拍手在空中反复调整着最佳角度，两名摄像记者卧在半米多深的雪堆地里，配合着把这段画面完整记录。结束时，大家的衣服和裤子都已经湿透，但还在开心地谈论着刚才拍下的一组组满意的镜头……

最难忘的要数夜间抢修现场的拍摄了，四周已是万家灯火，而管线抢修现场却亮如白昼。维修班的员工们进入2米深的土坑中进行焊接，我们也一起下到坑中，以最平实的视角，真实细致地记录了全过程的操作细节，全然忘记了身上蹭满油污、冻得肿胀的手指和脚趾上传来的阵阵刺痛。朵朵焊花照亮了每一个认真工作的脸庞，也照亮了因及时完成抢修而露出的一张张笑脸。完成拍摄已经晚上10点多，我们收到了一起在现场吃食堂加班饭的邀请，员工大哥的一句"多吃点，你们也辛苦了！"让我们心里暖暖的。

晚上10点，维修班的员工们对管线进行焊接抢修

《风雪巡线护暖流》顺利在央视新闻频道播出

最终，这条《风雪巡线护暖流》的新闻及时上送，并在2月14日的央视新闻频道《新闻直播间》新春走基层专栏中成功播出，再一次向全国人民展示了中国石油和大庆油田的良好形象。得到消息后，摄制组的小伙伴儿激动地击掌相庆，那一刻，大家心里都装着两个字——值得！

这就是我们与老范同走巡线路的故事，类似的故事每名石油记者每天都在经历着。记录伟大时代，讲好油田故事，我们为自己的这份职责负责，为每一个瞬间的精彩喝彩，也为石油记者的这份工作感到荣耀和骄傲！

扫码看演讲视频

滚滚车轮向彩云

中国石油运输有限公司　瞿　慧

个人简介

瞿慧，1984年10月生，中共党员，从事新闻宣传工作3年，中国石油运输有限公司云南分公司党群工作科副科长。曾策划采写云南疫情期间坚守边城233天的守边人刘宁的故事，被中国石油2022年春节特辑采用；采写漾濞、红河等地震救援稿件被央视频及中国石油采用；策划并完成运输公司原女子八中队三名女驾驶员的《光阴的故事》深度报道。

工作感言

背起行囊每一次出发，我都会对石油运输有着更深刻的理解。每一次观察，我都会对奋斗中的运输人有更深刻的感悟。用心、用情讲好石油运输故事是职责也是使命。运输一路向前，记录永远在路上，运输人的故事未完待续……

海拔落差大的配送路

"彩云之南，心之向往。"云南，这个大多数人魂牵梦绕的地方，因其海拔落差、地域特色便有了令人神往的彩云之南。

接到"好记者讲好故事"的通知后，我陷入了沉思。思考的是我平日里看到那么多朴实的石油运输人，该用怎样的语言来讲述奋斗中的他们？沉思的是到底要怎样讲述才能更加全面地讲好勤恳的他们。我想跟大家分享一段平凡的配送故事。

作为旅游大省的云南，有着14座支线机场分布在各地州，香格里拉与泸沽湖机场是省内海拔最高的机场，云南分公司航油配送中心负责全省10座支线机场航油配送。老早就听说香格里拉的海拔落差大，配送路途艰险。2021年我带着分公司宣传片拍摄组，跟随配送队伍进入香格里拉进行素材取景，而这一去让我潸然泪下。

秋天的云南配送路

2021 年 10 月，云南已经进入深秋，秋天的云南早晚温差大，过了雨季，气候十分干燥。配送任务从大理出库，这里的海拔 1900 米。

云南属山地高原地形，山地面积 33.11 万平方千米，占全省面积的 84%。从大理出库后，一路向北奔向香格里拉。在云南工作十多年的我，对于这一路 300 多千米的奔走，开始是不在意的。从凤仪出发，路过崇圣寺三塔，路过"有风的地方"喜洲，一路上我们忙得不亦乐乎，一直以为路途上或许大多都是这样的景色，但车辆行驶进 214 国道后，最美的也只有路两旁稀疏的田地。214 的海拔起伏，不断影响着配送工作，随着海拔的上升，我的衣服也从最开始的薄卫衣加到后来的冲锋衣，衣服一层层包裹，气温也从中午的 20 多摄氏度开始不断下降。

驾驶师傅中有一位"90 后"叫王永超，瘦小的身材，黝黑的皮肤，一看就是云南当地人没错。在中途休息时我跟他闲聊，"跑这边我们车上带的东西要多点，有药，有棉衣、被褥。"顿了顿，他说，"出门在外，总得多准备点。"沿着 214 很快进入老君山，车辆行驶在山峰之间，来回会车成了难事。此时海拔 3000 多米，气温 13℃。天色越来越晚，攀爬在山间道路上，伸手不见五指，跟在后面只能看到车辆的反光标识，零星的灯光成了夜空中最亮的星，在大山深处蜿蜒前行。身处在漆黑的夜里，形单影只，心中的恐惧和对前方的未知是常人无法想象的，也许这夜空中的寂寥只有石油运输人才懂。我们一路拍摄，灯光不断闪烁，经过近 3 个小时的山间行驶，当驶出大山时，看到了前方路灯更像看到了希望。"再赶赶，明早要到香格里拉卸油。"王永超用不太熟练的普通话跟我说着，本以为 12 点能休息，但却再次启程继续前行，一个小时后，我们来到虎跳峡附近。"就在这吧！"三辆车陆续停进了一个稍大点的加油站，时针已经指向凌晨 1 时。"快看看，检查一下！"看他们下车，我紧跟着也跳下车，开门的一瞬间一阵冷风吹过，套了三层衣服却打冷战。看着他们检查车忙碌的身影，我心里五味杂陈。"这加油站有地方住吗？""不用，我们睡车上。"我惊讶地看着他们，难以置信："室外温度只有八度啊！""不怕的，这点冷没啥的，关键要及时到达！"说着他们收拾床铺准备休息了。

第二天清晨，手机响起，是王永超，他告诉我，半小时后他们就要出发了。我赶紧收拾东西，继续出发。清晨的山里，

准备出发的王永超

奔赴香格里拉的罐车

车辆到达香格里拉

室外温度只有 2 摄氏度，我冻得直打哆嗦，山下金沙江水流湍急，我们站在路边等着罐车。

20 多分钟，三辆车列队驶过，寒风刺骨，却抑制不住内心激动，这看似最为寻常的配送，却饱含着石油运输人不断向前的动力。我们跟随着车辆继续前进，一路盘山，一路向上，一路讲述着运输人的故事。上午 10 点多来到香格里拉，不知道是我起早感冒，还是海拔原因，头晕，不适，本想外出再看看接卸油，却因为身体原因只能待在车里，这里海拔 3800 米。

这一路的四季，一路的奔波，我心里埋下了更深的种子，我要用我的笔和镜头记录下更多奔走在石油运输战线上的师傅们，讲述那夜空中最亮的星和那不凡的格桑花，为这滚滚车轮行驶的七彩云南。

扫码看演讲视频

油田"正青春"

/ 新疆油田公司 杨楚怡

个人简介

　　杨楚怡，1992年4月生，中共党员，从事新闻宣传工作9年，中国石油新疆油田公司新闻（融媒体）中心记者。参与全国优秀共产党员、全国劳动模范肉孜麦麦提·巴克重点节点采访工作，从2020年开始先后策划参与新疆油田特色视频栏目《主播带你游油田》《故事里的新疆油田》。作品获全国企业电视好新闻消息类三等奖、中国石油电视新闻奖（消息类）一等奖、中国石油电视新闻奖（新闻专题类）二等奖；本人连续4年获评中国石油报优秀通讯员、先进特约记者。

工作感言

　　一路走来，去过油田不同地方采访。每一次人物采访，都是心灵与心灵之间的坦诚相待；每一次现场报道，都是思想与思想之间的碰撞交汇。新闻工作不能单靠一腔热血，感受民生福祉的温度、见证日新月异的发展，是我一直坚持下去的动力。

重返中国石油大学（北京）克拉玛依校区录制"总书记回信"系列视频

三年前的 7 月，一封承载着总书记深切关怀和殷切期望的信跨越几千千米，飞到了中国石油大学（北京）克拉玛依校区，118 名给总书记写信的首届毕业生欢呼雀跃，留在新疆的信念更加强烈。

也正是这封信，将我和这些毕业生紧密地联系在了一起。三年来，留在新疆油田工作的毕业生们，一直是我们油田记者镜头中的焦点。

我永远记得那一年的毕业季，当时阳光正暖，青草芬芳，当我看着他们稚嫩清澈的眼神时，心里有着一丝担忧。

因为根据近十年在基层对石油人的采访经历，我大概能想象到他们未来在与荒凉的沙漠戈壁抗衡时，在与复杂的油藏构造较量时，在与日新月异的开发技术角逐时，将会面对怎样的艰苦环境、艰辛历程。在那时，我以为他们是凭着"初生牛犊不怕虎"的勇气扎根边疆、为油奉献。然而，就在我连续 3 年回访他们的时候，我越来越发现，是我肤浅了。

"数载青春应无价，一袭红装为国家。"这是 2020 年暑假，何柏言在新疆油田火烧山作业区实习时写下的一句话。他告诉我，也就在那时，他萌生了毕业后留在新疆的念头。

何柏言来自四川绵阳，是家中独子。说起成长经历，可以用"蜜罐里泡大的"来描述。

然而，在这片冬夏温差超过 80 摄氏度的戈壁滩，每天何柏言都要跟同事们挤在皮卡车里去钻井现场进行巡回勘查，经历过 40 摄氏度的灼灼烈日，也体验过零下三四十摄氏度的刺骨寒风，艰苦的工作生活环境和自己的故乡相比可谓天壤之别。

我问他有没有想过放弃？他半刻也没迟疑，看着我的眼睛说，正是因为艰苦的工作环境，让他更加深刻地理解了边疆石油，更加意识到肩上的责任。

看着他坚定的眼神，我竟然开始反问自己，在和他一样年龄的时候，是否也有这份执着。在那一刻，我相信和他一样留疆的毕业生们当初的选择并不是因为"初生牛犊不怕虎"的一时冲动。相反正是不负时代不负青春的理想信念，激发了他们"宝剑锋从磨砺出"的强大精神力量。在他们看来，大漠虽荒凉，却承载着使命；戈壁虽艰苦，却闪耀着梦想。

正午时分，何柏言又一次踏上巡检之路

在采油工岗位实习时，王良哲认真管理每一口井

在距离新疆克拉玛依市区 400 千米外的吉木萨尔国家级陆相页岩油示范区，从事一线科研工作的王良哲，也是 118 名毕业生中的一员。

吉木萨尔页岩油是准噶尔盆地近年来发现的十亿吨级特大油气田。页岩油开采为全新领域，没有现成经验可借鉴，要实现开发效益，必须找准"甜点"。相比传统的油藏，想要在地下几千米的致密油藏找到"甜点"可谓难上加难。

王良哲曾无数次碰壁，却越挫越勇。他说他永远记得第一天工作时，师傅对他说的一句话："不能害怕眼前的困难，只要安下心，扎下根，做一件事情，一定会有突破有收获！"弘扬石油精神，需要在前领路的人，更需要新一代人永续传承。

三年来，我见证了这 28 名毕业生的成长和进步，也感受到他们从青涩质朴到成熟稳重的蜕变，他们用不同的方式在

和留疆毕业生们一同行走在零下 30 摄氏度的油田戈壁

杨楚怡
新闻（融媒体）中心 记者

采访油田一线

茫茫戈壁践行着总书记"努力成为可堪大用、能担重任的西部建设者"的殷殷嘱托。

新疆油田作为新中国成立后开发建设的第一个大油田，石油精神和大庆精神铁人精神在这片广袤的戈壁中有着深厚的底蕴。正是因为一代代有志青年投身西部，扎根边疆，艰苦奋斗，不断赋予新时代石油精神更加丰富的内涵，才能源源不断地为广大青年的赓续奋斗提供无穷动力，帮助他们实现自己的人生价值，找到属于自己的幸福人生。

一次次的采访，让我更加明确了作为一名石油青年的初心。我想让更多人看见，68年的新疆油田，历久弥新，有着源源不断的青春力量；68年的新疆油田，风华正茂，托举着中国石油西部能源的梦想；68年的新疆油田，正青春！

扫码看演讲视频

看不见的美
滋养看得见的美

大庆石化公司　刘莉莉

个人简介

刘莉莉，1980年11月生，中共党员，从事新闻宣传工作12年，中国石油大庆石化公司党群工作部记者部主任。扎根新闻采编一线，先后在大庆石化报社记者部、新媒体部、记者站等岗位工作；多次被评为中国石油报社驻大庆石化记者站四星级记者；参与中国石油技能领军人才赴企业办实事活动，深入青海油田、玉门油田进行跨地区、跨专业报道。在中油记协新闻评选、集团新媒体内容创作大赛等活动中荣获多个奖项；创作的微电影《超越吧，兄弟》在亚洲微电影艺术节获优秀作品奖；作品《父子焊工》获得"我和我的祖国"第二届中央企业故事大赛优秀奖。

工作感言

因为职业的特殊性，采访触角可以深入到企业的各个层级和岗位的角角落落，去观察感知，去记录生产经营取得的突出业绩和喜人成果，展现干部员工的不懈努力和奉献情怀，这是岗位赋予的光荣权利。所以记者不仅是一份职业，更是一种责任。同时，这个职业也是一种人生状态吧，就是要始终保持学习和持续成长的状态去做这样一份工作，因为学习和成长本身就是对自己最好的奖励。

深入装备制造厂房采访

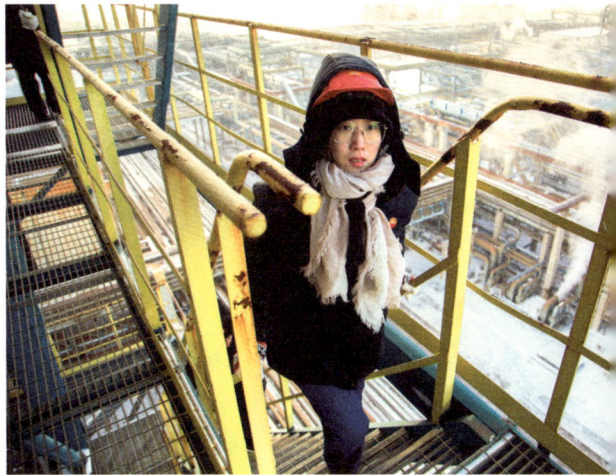

在几十米高的炼油区装置平台

　　青肯泡污水监测站远离市区，是大庆石化公司最偏远的岗位，也是监控这个公司净化后的工业污水外排的最后关口。

　　在这里，李科新一守就是 24 年。我曾经问过李师傅，排放这事老百姓是个啥态度？他说，水质一年比一年好，老百姓看在眼里。20 多年前，他们质问"你们的水有没有毒"，如今，在水塘里养鱼、养鸭、养大鹅，这就是老百姓的生活。

　　2020 年，我和同事报道了青肯泡污水氧化塘排水达标改造提前投用的事，那是个投资近一个亿的大工程，经过技术处理的工业废水可以通过新建管渠直接外排，在线监测数据全部满足国标。

　　2022 年，大庆空气质量优良天数高达 344 天，全市水环境质量历史最优。这与印象中国石油石化行业的发展往往以牺牲环境为代价的观点似乎有矛盾。同样，我们一面享受着石化产品带来的丰富生活，一面对石化生产存在悖论，就是既离不开石化，又想远离石化。

　　实际上，每个项目的立项、每次操作的调整都有严格的安环标准，民众关心的，各级管理部门和企业早都想到了，但是彼此信息是不对称的，这就需要借助媒体平台，让更多的人知晓。

从 2018 年起，大庆石化开始举办公众开放日活动。作为对接记者，我清楚记得举办的第一年，一位社区大姐站在装置区对我直接发问，烟囱里冒白烟儿是咋回事？这事儿我懂啊，于是耐心解释，排出的白烟是脱硫脱硝过程中产生的水蒸汽，与水蒸汽有关的生产数据，要实时上传到从国家到地方的各级监控中心。

连续六年的公众开放日，我发现一个有趣的现象，那就是大家的问题发生了变化。从最初的略带质疑、需要解惑答疑，到后来的安全环保投入、产品质量升级等关于现在和未来的探讨，关于宜居生活和地企合作的思考更多了。

同一片蓝天下，年轻的技术人员马丽涛也有着同样的思考。工作之初，她发现两套常减压装置年加工量才 600 万吨，而且都是"耗能大户"。站在高耸的炼塔上仰望蓝天，她期许着通过技术改造降低装置能耗，生产更多的清洁油品。

幸运的是，她赶上了好时代。2010 年，大庆石化常减压安全节能改造项目得到了中国石油总部的批复。

新冠疫情发生之初，深入口罩生产厂连夜采访

幸运的是，我也踩在了时代的节拍上。同一年，我进入石化报社工作，全程参与这个项目建设和开工报道。总跑现场嘛，认识之后我们相互打趣，"个子高、腿长，多跑现场都是发挥特长。"

时间来到 2016 年，习近平总书记在黑龙江省考察调研时指出，要以"油头化尾"为抓手，推动石油精深加工。随后，大庆石化"大炼油"项目启动。固守安全红线、不越环保底线，与技术上水平、产能上规模同等重要，马丽涛又忙了起来，忙得白天没时间休息，晚上躺下辗转难眠。遇上瓶颈了，她还是习惯爬上高耸的炼塔，透透气，换换思路。回忆项目全面建成投产，采样阀里流淌出优质环保油品的那一刻，曾经的举步维艰都变得那样美好。

其间，除了跟踪报道马丽涛十年来初心映照"大炼油"的故事，我把笔触延伸到更广阔的领域。随着国家对企业环保工作的要求越来越高，大庆石化累计投资 20 多亿元，实现汽柴油产品质量全面升级，多牌号环保油品走出国门。

我们都知道，大庆是油城，它也是一座天然百湖之城，拥有 5000 多公顷的我国最大的城中湿地。每年春夏之交，成群的鸟儿从南方来到这里孵化、养育下一代，就在这个月的某一天，它们又举家南飞，明年再见。

大庆石化与湿地毗邻，和湿地一样赏心悦目的，是企业的颜值。清洁生产与绿色发展齐头并进，工厂里有"我家大门常打开"的自信与热情。"绿水青山就是金山银山""像保护眼睛一样保护生态环境"，企业与大资源、大生态、大保护的故事也呈现出来。2022 年 8 月，一只国家二级保护鸟类燕隼受伤，员工林春丽在路边发现。她一边辗转联系自然保护区的工作人员，一边展开救治的故事，经过我们的挖掘采写，登上中国石油微博的国际版。

在控制室采访操作人员

2023 年 8 月，大庆石化五年一次的大检修结束，装置开始了全新运行。9 月，加工原油 81 万吨，创历史新高。马丽涛像往常一样来到加油站，为爱车加上了自己生产的汽油。等待的间隙，她提醒自己，年底冲产量，安全、环保决不能"掉链子"。

最近一次与李科新师傅电话交流时，他正就着咸鸭蛋吃饭，鸭蛋来自青肯泡里喂养的鸭子。而作为荣誉村民，他自费采购的 1 万多株树苗，经过十几年的生长，树干直径已经超过了碗口。秋风徐徐，树叶沙沙作响，是绿色的诉说，也是地企友好的见证。

置身这些美好，我也在思考，炼化企业新一轮"环境保卫战"怎么打？"在保护中发展，在发展中保护"如何续航？多年的采访经历告诉我，环保本身就具有长期性、艰巨性和复杂性，随着减排行动深入、治理空间收窄，之后每提升一分，都需要付出更大的努力。

转化每一滴油，净化每一吨水，这些是我的企业所作出的努力，我们有信心持续打好蓝天、碧水、净土保卫战。

而我们与环保的故事，未完，待续。

扫码看演讲视频

此心安处是吾乡 / 吉林石油报社 于 洋

个人简介

　　于洋，1986年10月生，中共党员，从事新闻宣传工作4年，吉林油田新闻中心视觉设计部记者、视觉中国签约摄影师。2020—2023年，连续获得吉林油田"十佳记者""年度最具影响力新闻奖"。新闻作品《亚洲最大陆上采油平台》在中央电视台《新闻联播》栏目播出，新闻作品《油田未来的样子》在中央电视台《朝闻天下》栏目中播出，短视频作品《大美吉林油田150秒》在中国石油海外账号发布，微视频作品《油城24小时》获得中国电视艺术家协会企业电视分会评选的全国企业电视好新闻二等奖，参与制作的《奋进之路》获得全国企业电视好新闻一等奖。

工作感言

　　能将兴趣变成职业，实属幸运。我的幸运很简单，是油田肥沃的土地给我提供了成长的土壤。于是，怀着一颗感恩的心，手握着那灵动的家什，我开始和同事一道奔波在采访的路上。四年来，透过镜头的眼睛，我看到了一个又一个埋头苦干的红色身影，也看到了一个自己此前从未看到的全新视界。一次次透过镜头，我看到了公司上下同欲所凝聚起的决战决胜双扭亏的磅礴力量。就是这股力量，推动我们所有新闻人与油田同心、与时代同行！

拍摄英台采油厂抗洪专题片间隙

　　宁夏回族自治区盐池县，属温带半干旱大陆性气候，干旱少雨，冬长夏短。其境内大水坑镇井沟畔村周围荒芜的丘陵深处，坐落着长庆油田采油五厂麻黄山西采油作业区黄28增压撬。守护在这里的，并非土生土长的本地人，而是来自两千公里外吉林油田的一对石油夫妻——李丹和赵文茹。

　　走进小站，首先映入眼帘的是一片生机盎然的小菜园，郁郁葱葱、长势喜人，恰似荒山中的一片绿洲。两个简易大棚里，结满了黄瓜、丝瓜等时令鲜蔬；葡萄爬满棚架，硕果累累；小池塘里锦鲤欢游、群鸭戏水，好一幅塞外江南的画卷。

　　2015年，李丹和妻子赵文茹积极报名参加吉林油田外输劳务工作，从松花江畔到黄土高原，从熟悉的故土到陌生的异乡，李丹和赵文茹在荒凉的麻黄山上，一干就是8年。8年里，黄28增压撬成为长庆油田的"标杆站撬"，夫妻俩亲手打造的大棚风景，成为员工们在黄土塬上寻找绿色、感受人间、乐享生活的好去处。

　　走南闯北的采访经历让我发现，把井站当成家，把油田当成家，无论到哪里都要把日子过好，这是吉林石油人最朴素的愿望。

做记者之前，我曾经是一名在野外工作的石油工人，最能体会长年撇家舍业在外工作的不易。2022 年临近春节的时候，我到吉林油田的川南配置区采访，那是在四川工作的吉林石油人即将度过的第一个春节。我能感觉到，大家嘴上不说，但心里还是想回家看看，思念东北充满年味儿、阖家团圆的春节。

招待所里，一个小女孩儿稚嫩的声音吸引了我的注意。小女孩名叫叶子，她的父母都是在川工作的吉林油田员工，父亲叶东是技术工人，经常跑现场，叶子就和母亲李忠萍住在招待所里。当吉林油田选派人员到川南配置区工作时，夫妻俩发生过争执，因为到四川工作就意味着要举家迁徙、离开故乡，老人谁照顾、孩子怎么上学都是摆在眼前的现实问题。最后，两个人达成了一致，身为石油人，就要到企业有需要的地方去工作，只要夫妻一心，一家人在一起，就没有克服不了的困难。

当时，吉林油田川南各项工作刚刚起步，大家就在租住

记者节前夕视频采访驻长庆员工

的招待所办公，母亲出去工作，叶子就一个人待在招待所的房间里，有事就用电话手表和母亲联系。后来，通过企地协调，叶子去了当地的幼儿园就读，现在已经上小学一年级了。现在，吉林油田在川南有了崭新的生活基地，大家不用再为水土不服和饮食不习惯发愁。临近春节，一盘盘酸菜馅饺子热气腾腾，酸菜火锅香气扑鼻，勤劳朴实、满面笑容的吉林石油人天天都能品尝到家乡的味道，从此也少了一分挂念，多了一分心安。

正因为有众多石油人舍小家、为大家，才有了我们事业的蒸蒸日上；正因为大家的坚守和奉献，才有了"油"海潮涌，"气"贯长虹。

还有一群吉林石油人，守候在号称死亡之海的塔克拉玛干沙漠腹地。我到吉林油田消防支队驻塔里木油田应急中心新疆塔中消防站采访时，天总是灰蒙蒙的，一连几天我都在等待一个晴朗的天气，想用无人机拍摄一些当地风景的画面。可驻守在那里的消防战士对我说，我们这里风沙太大，很难见到蓝天。当时这名小战士的话我并没有在意，直到有一次我和同事出去采访，忘记了关窗户，等到回来的时候，我们住的房间里已经被一层厚厚的沙土覆盖，经过一阵打扫，换了两套被褥，我和同事才在土腥味儿中休息。晚饭时，大家吃的都是土豆白菜，旁边的消防战士打趣地说，这周围都是沙漠，不能种植农作物，这些看似平常的食物，都是 800 公里之外运来的，金贵着呢。

长年累月在这里工作和生活，没有一人叫苦，没有一人喊累，战士们一起动手，

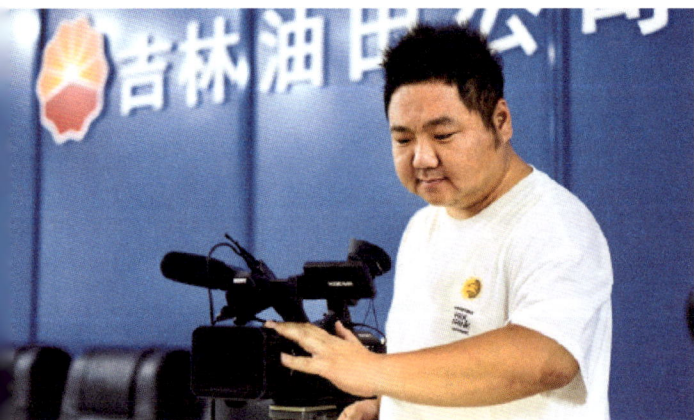

拍摄油海军魂专题片

拍摄建党百年短视频

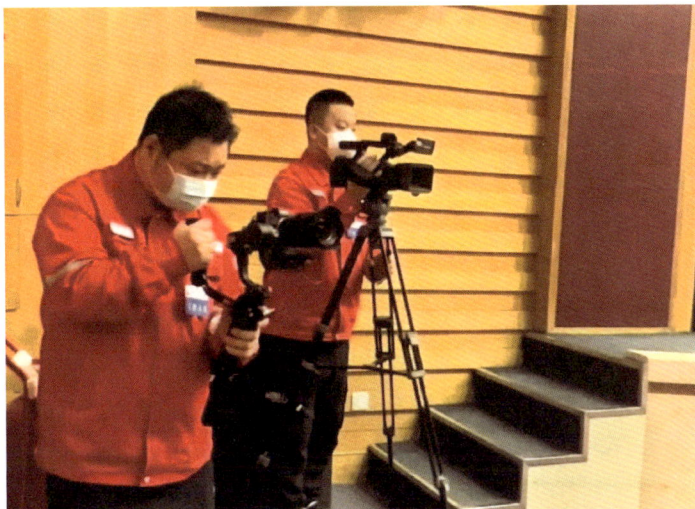

采访吉林油田公司六届一次代表大会暨 2023 年工作会议

在营区空地开垦了小菜园和小果园，让大家每天都能吃上纯绿色食品。驻地官兵还配发了文体活动用品及各类健身器材，宿舍和浴室也都装修一新。每个人靠自己动手、用心建设的远方家园，诠释了屹立在沙漠中的那句话：只有荒凉的沙漠，没有荒凉的人生。

心安处，便是故乡。现在，越来越多的吉林石油人转变了工作角色，有了自己的"第二故乡"。无论在地表温度达80 摄氏度的火焰山，或海拔 4000 米的无人区，还是在自然条件艰苦、地质情况复杂的柴达木盆地，吉林石油人不再局限于战碱滩、斗荒原，而是不断涉足新的土地，不断突破未知领域。吉林石油人走到哪里，就把根埋在哪里，大家深谙一个道理——"能源的饭碗必须端在自己手里。"向往更高的追求、更好的发展，就要面对更艰苦的环境、更严峻的挑战，石油人的选择，就是坚守奉献，就是"头戴铝盔走天涯"的人生。

扫码看演讲视频

初心不悔

冀东石油报社　贺羽涛

个人简介

　　贺羽涛，1987年1月生，中共党员，从事新闻宣传工作15年，冀东油田新闻中心编辑记者。参加工作以来，播音制作电视新闻1000余期，主持油田各类活动60余次，采写各类新闻稿件6000余条，制作各类电视专题300余部，编辑新闻稿件上万篇。采写作品在省部级以上大赛、评选活动中，共荣获一等奖7项、二等奖26项、三等奖33项。先后获得冀东油田公司"十佳"宣传工作者、中国石油年度优秀"一线编辑"、中国电视艺术家协会企业电视分会"全国企业电视优秀工作者"等荣誉。

工作感言

　　人有千面，物有万象，生命因不同而鲜活。当一个个感动自己的故事在观众中引起共鸣，当一个个石油人的形象通过镜头和文字被人们熟知，当一项项油田发展成果通过宣传提升影响、凝聚人心……我想，也许这就是宣传工作的意义，也是我热爱这份职业的原因！

作为中国石油新闻宣传战线的一分子，参加工作15年来，我采访过数百名石油人，聆听了无数为油拼搏、无私奉献的故事。这些人年龄不同、岗位不同，却都怀揣着一颗为中国石油事业执着奉献、开拓奋进的赤子之心。这其中，一位原石油工业部老领导、老共产党员的故事，至今让我记忆犹新，每当回想起来，内心久久不能平静。

2021年6月，建党100周年的辉煌时刻即将到来，为表达对党的百年华诞的庄严祝福，石油生活网和冀东油田新闻中心联合摄制了专题纪录片《初心无悔——记石油老领导、老共产党员李敬》。我有幸参与到本片的采访拍摄与后期制作中。

6月的北京，骄阳似火。前期准备阶段，通过网络搜索和石油生活网工作人员的介绍，我对这位即将见面的采访对象有了初步的了解：李敬，1927年4月出生，1946年参加革命，次年加入中国共产党。战争年代在部队立过三等功。1952年随中国人民解放军57师集体转业从事石油事业，曾先后转战

李 敬
原石油部副部长
我一切行动听指挥

原石油工业部老领导、老共产党员——李敬

热烈庆祝冀东油田成立三十周年
系列报道《见证发展》之一

激情燃烧的岁月

玉门、四川、大庆、江汉、长庆、新疆、胜利等油田。1979年任石油工业部副部长兼新疆石油管理局党委书记、局长及克拉玛依市委书记、市革命委员会主任，1990年离休……

时年94岁的李敬老部长，是一位有着70多年党龄的老革命、是中国石油事业的先行者和开拓者。

未见其人，心中已满是无尽的崇敬和深深的好奇。但当推开老部长家门的时候，这份崇敬与好奇，瞬间被极度的震撼与不可置信替代。根本无法想象，一位在40多年前便身居高位的老领导家中，竟没有想象中的富贵，也没有深宅大院，有的只是吱呀作响的破旧木门和斑驳昏暗的墙皮，还有一位同样朴素至极负责照顾老部长生活的保姆……而且听工作人员说，甚至连这间陋室，按照老部长的意愿，也将在他百年之后交还国家。

穿过几乎没有什么像样家什的客厅，我们在卧室见到了李敬老部长。望着这位安坐在藤椅上的老领导、老前辈，看着那张满是沧桑、面带微笑又和蔼慈祥的脸庞，身上穿着一

件简单普通的白衬衣，脚下穿着一双手工编织的草鞋……心
中对老一辈石油人的那份朴实无华倍添了无以言表的敬意。

老部长微笑着起身与我们握手打招呼，热情地拉着我们
来到书桌旁，展示他刚刚写好的书法作品，那是准备送给我
们几名石油后辈的："新闻宣传责任重大""言必信行必果"
"后来者居上"。字里行间，无不透露着老部长对我们年轻
一代石油人的期望和关爱。

"开始从玉门油田干石油，我一切行动听指挥，党叫干
啥就干啥，领导指向哪里就打向哪里，人民群众需要我们干
好的事情就尽量用力干好。"感党恩、听党话、跟党走，老
部长一生热爱中国共产党。工作中，他挂在嘴边最多的一句
话就是："老老实实做人，脚踏实地做事，学习学习再学习，
实践实践再实践。"谈及遇到的困难，李部长告诉我们，
1978—1982 年在南疆参加石油会战是他参加历次石油会战遇

用镜头记录油田的历史与变迁

参与摄制庆祝冀东油田成立三十周年系列报道《见证发展》

到困难最多的。南疆的交通极为不便，戈壁滩井场上基本没有路，通信很困难，与南疆以外的联系主要靠电报和邮递。最困难的是缺粮食，戈壁滩严重缺水，寸草不生，有的地方任何食品都买不到，那时真切感受到了吃不饱肚子的滋味。

不忘初心，做事拼命，是李部长等老一辈石油人的共同特点，是他们那一代人，用激情燃烧的青春、革命加拼命的干劲，撼醒了亘古的荒漠，一举甩掉中国贫油的帽子。蓝天下，那群豪迈的石油人用"宁肯少活20年，拼命也要拿下大油田"的誓言，自强不息、艰苦奋斗，担当起祖国建设和民族腾飞的重任。

血脉传承，书写光荣。今年是铁人王进喜诞辰100周年。作为新一代石油人，我们要牢记习近平总书记"能源的饭碗必须端在自己手中"的重大嘱托，大力弘扬石油精神和大庆精神铁人精神，一如既往秉承"我为祖国献石油"的精神图腾，像王铁人和李敬老部长那样，始终保持"为国分忧、为民族争气"的使命感，为保障国家能源安全作出新的更大贡献。

扫码看演讲视频

何以为家

玉门油田石油工人报社　王雪姣

个人简介

　　王雪姣，1990 年 4 月生，中共党员，从事新闻宣传工作 11 年，玉门油田分公司《石油工人报》记者。采编的《村里来了石油人》被评为 2020 年度中国石油电视新闻奖二等奖、《油田基地各园区多措并举全力防控疫情》被评为 2020 年度中国石油电视新闻奖三等奖、《明月万里寄相思》被评为 2020 年度中国石油电视新闻奖一等奖。2022 年度获得甘肃省职工经典诵读比赛三等奖。

工作感言

　　玉门油田作为"中国石油工业的摇篮"，有着 80 多年的历史沉淀和丰富精神内涵，在发展建设中从来不缺好故事。作为一名新闻工作者，我有责任让这些故事走出玉门，走出油气行业，走进全国人民心中。

　　苏联有巴库，中国有玉门。凡有石油处，皆有玉门人。这首诗出自玉门油田新闻宣传战线的一位前辈——我国著名诗人李季，也是原玉门油矿党委宣传部部长兼石油工人报社首任社长、总编。

　　1952 年冬，李季带着全家老小来到玉门。在玉门工作的两年里，他穿着一件老羊皮袄深入油田，行走在荒凉的戈壁上，从一个井架到另一个井架，与工人们打成一片，和铁人王进喜等广大石油工人结下了深情厚谊。这首脍炙人口的石油诗便是他对玉门油田的热情讴歌。

　　11 年前，我光荣地成为玉门油田新闻宣传队伍中的一员，在入职教育课堂上，第一次听到了这个故事。后来，在库尔勒市轮台县油田作业公司项目部员工宿舍里的 15 岁女孩王雪让我再次想起了这个故事。

在玉门矿区出境采访铁人王进喜逝世五十周年纪念活动

在老君庙采油厂西山现场采访采油工冒雪巡井

　　王雪的爸爸王长宏是玉门油田作业公司的一名财务人员，5 年前从玉门来到了塔里木项目部。那时的王雪只有 10 岁，与妈妈住在油田生活基地宽敞舒适的家里。可是后来由于爸爸长期不在家，严重缺乏安全感的王雪变得敏感而叛逆，与妈妈产生了严重的冲突。不得已之下，王长宏给王雪转学到库尔勒，住进了仅有十一二平方米的员工宿舍。宿舍里除了两张单人床、一张书桌、一组矮柜和一台电视外再无它物。刚搬来时，王雪很不适应。学校很远，她每天要乘三四十分钟的公交车，穿过几个街口才能到家。房间里没有衣橱鞋柜，就连衣服、鞋子放哪里对她而言都成了问题，再加上甘肃与新疆学校所用的教材版本不同，转学后课程衔接不上，王雪非常苦恼。

　　从武汉到西北边陲的玉门，李季的孩子也曾面临着这样的困境吧？

　　"哪里有石油，哪里就是我的家。"油气行业的特殊性注定了石油人的家庭要比普通家庭更加不易和酸楚。从事新闻工作的这些年里，我采访过很多人、报道过很多事，见证过很多逐油气而往、远离本部的石油员工的失去和付出。在陇东、在新疆、在内蒙古、在海外，他们离开熟悉的家乡、至亲至爱的家人，短则月余、长则数载，错过了孩子的出生、入学、就业，老人的看病住院，爱人的日常陪伴。

　　环庆采油厂采气工艺所副所长白延峰四年前前往距离油田本部千里之遥的环县，妻子在玉门矿区工作，因为双方父母都不在身边，在酒泉上学的儿子便只能独自在家，这一年他年仅7岁。当别的孩子上下学被父母接送时，他只能悄悄跟在后面，羡慕地看着；当别的孩子吃着父母变着花样做的饭菜时，他只能去"小饭桌"填饱肚子；当黑夜来临，他也会怕，却只能对着安装在家里的两个摄像头，故作坚强地和

在炼化总厂储运车间现场采访储运车间运输情况

爸爸妈妈报着平安……

为了祖国的发展，奔赴最艰苦的地方。一代代的玉门石油人的家国情怀始于责任、终于信仰。无论何时，无论身处何地，只要穿上工服，他们便无悔坚守，把最真挚的情感倾注在工作岗位上，以实际行动践行习近平总书记对中国石油的殷切嘱托，端牢能源饭碗，当好能源保供的"顶梁柱"。

"多少人爱恋着，明媚秀丽的水乡。多少颗年轻的心，长起翅膀飞向南方。可是我呀，我却爱着无边的戈壁，我把玉门油矿当成了自己的家乡。"李季的笔墨饱蘸深情，为中国石油文学留下了一笔笔灿烂的遗产。

作为玉门油田新闻工作的后来者，身为玉门石油人的一份子，从选择这个职业的那天起，就注定要以梦为马、驰而不息，记录玉门石油人的坚毅与顽强、血性与感性，讲述他们对亲人深深的愧疚和难舍的牵挂、对爱人无奈而缠绵的爱、对石油不能割舍的期望与依恋，这将是我始终的一份坚持、一份骄傲。

何以为家？有油气的地方是石油人的家，有故事的地方就是新闻人的家！

扫码看演讲视频

从3个，到3万

大庆石化公司 孙艾平

个人简介

孙艾平，1987年1月生，中共党员，从事新闻宣传工作8年，大庆石化公司党群工作部新媒体部副主任。参与创办和运营大庆石化官方微信、抖音、微博等新媒体账号；被聘为《中国石油报》特约记者、中国石油新媒体特约编辑；参与创办中国石油团委官方微信号"中国石油青年"及初期运营；多次策划开展"中国石油公众开放日"线上直播；创作和拍摄大庆石化建厂60周年专题片《甲子征途》等多部重要作品。在中国石油历届新媒体内容创作大赛、中油记协新闻评选中荣获数十个奖项；创作拍摄的微电影《超越吧，兄弟》在"亚洲微电影艺术节"获优秀作品奖；运营的"大庆石化"公众号获得中央网信办"走好网上群众路线百个成绩突出账号"，公司新媒体多次在中国石油新媒体矩阵排行榜位列板块第一名。

工作感言

在这个信息爆炸的时代，人们对新闻无比挑剔，当一名央企新媒体记者并不轻松，但石油新闻宣传事业的价值让我选择了坚持——热爱新闻，就像热爱胸前的宝石花、身上的石油红。未来，我将继续用自己的青春热血，为中国石油建设成为国际一流能源企业贡献力量。

如果一个微信公众号只有 3 个粉丝，运行一个月后涨到了 4 个，那么，它还有救吗？

2014 年 6 月 6 日，大庆石化微信公众号推出了第一期报道。这一期包含 5 条消息，3 名粉丝收到推送，14 位读者浏览了头条。效果还不错，不是吗？ 3 名粉丝，却收获了粉丝数 4 倍以上的浏览量。按现在的话讲，我们的作品，得到了"指数级"的传播！

其实啊，这句玩笑，也不完全是玩笑。因为在 2014 年，还没有几家央企开通公众号，新媒体宣传到底是"伊甸园"还是"盐碱地"，谁都拿不准。但很快，第一篇浏览量破千的报道，帮我们破译了"流量密码"！

破冰——图文时代

2014 年，大庆石化的乙烯年产量在历史上第一次突破了 100 万吨，这个曾经扛鼎共和国石化产业振兴的老牌央企，再一次完成了"蜕变"。官微第一时间推送报道《二十八年磨一剑》，将这振奋人心的消息"闪送"给手机另一端的石化员工，当时只有 300 多名粉丝的账号，阅读量瞬间突破了 1000 人。

和传统新闻报道的庄重严肃不同，此时，员工眼前呈现的内容竟然如此鲜活丰满：创新的行文格式、直观的数据图表、海量的实况照片、通俗的语言表述……最重要的是，再普通的员工也能在报道中找到自己奋斗的身影，"存在感"爆棚。原来，企业宣传不是说教，而是服务。

大年初二，到生产一线采访坚守岗位的石化人

于是，我们成了读者的"服务员"，他们的需求，就是我们的追求。内容为王的时代，我们把作品当作产品来经营，在公司要闻上抢速度、在企业改革中挖深度、在员工需求上加温度、在重大节点上亮态度，用了两年时间，俘获了1万多名粉丝的心。然而，公众号的红利期也在此时渐渐退潮，这条赛道到底还能跑多远？

乘风——视频时代

2018年7月7日凌晨2时，俄罗斯世界杯1/4决赛拉开战幕，同一时间，大庆石化向"千万吨炼油"产能跨越的"关键一战"也在夜幕中打响——一台由我们自行制造、运输、安装、投产的大型关键设备，历经一个昼夜的辗转，耸立在大庆石化的历史和未来之间。

我和同事们连续20多个小时跟踪采访，用镜头记录了全程。20多个小时浓缩成3分钟，航拍、延时、Go-pro等技术和设备的运用，让石化人领略了一场视觉盛宴，短视频一经推送，就刷爆了石化人的朋友圈，也让我们尝到了第一个"1万+"和短视频时代的甜头。

很多天里，评论区一直被骄傲占据着，其中有一条留言我印象特别深刻，她说："谢谢你们，让我的女儿知道我很厉害！"是啊，为大国，铸重器，是央企产业工人的骄傲；而将这份骄傲记录、汇聚、传播，则是我们新媒体人的价值！

2019年元旦，大庆石化官方抖音号正式上线，至今发布原创短视频1300多条，从"有意思"到"有意义"，我们渐渐拿捏自如。如今，大庆石化已经实现"千万吨炼油"的产能格局，我们在总书记"油头化尾"的嘱托中奋进未来，也用镜头在互联网留下了公司发展的Vlog。

在大庆石化公司机械厂开展提质增效专题采访

2020 年，采访报道俄罗斯原油进入大庆石化

革命——直播时代

就在 2023 年 9 月 7 日，官微粉丝量突破了我们期待已久的 3 万大关，而这一刻到来时，我和同事们都浑然不觉。因为彼时，我们正全神贯注投入到一场为期 3 天的视频号直播中，恰恰是这场累计 15 万人在线观看的直播，一下子让 1000 多名观众"路转粉"。

参与直播大庆石化公司"三八"妇女节文艺演出

3万粉丝，在这个"媒体大爆炸"的时代也许不值一提，但在大庆这座仅有200多万人口的城市中，我们的声浪绝不渺小。当直播潮流来临时，我们选择"弄潮"，我们从一部手机起家，到现在的机位纵横、上天入地，我们通过直播把读者"请"到现场，无论身在何处，你所看到的，就是正在发生的。

都说"互联网是有记忆的"，这句话我信。因为在官微多年前发布的作品下面，还经常能收到新的留言，有退休的老师傅在诉说情怀，也有刚入职的新兵在官微记录的一个个发展节点中，汲取大庆精神铁人精神的养分。是啊！大庆石化新媒体就像一台时光刻录机，刻下了一代代石化人的奋斗青春，也记录了一个伟大时代中的央企变革。

从3个粉丝到3万粉丝，我们用了9年。这9年，大庆石化新闻中心在媒体融合中脱胎换骨，在制度改革中重获新生，4名新媒体编辑的背后，更是全体石化新闻人的坚强支撑。回到最初的问题，1个月涨粉1人的账号，还有救吗？我想，我的故事已经给出了答案：只要热爱，1个月不行，就干它一辈子！

新冠疫情爆发期间，深入大庆市第五医院呼吸门诊采访拍摄

扫码看演讲视频

繁星为灯　心向远方

/ 青海油田公司　王亚楠

个人简介

王亚楠，1997 年 8 月生，中共党员，从事新闻宣传工作 2 年，青海油田新闻中心电视编采部助理记者。采写新闻《青海油田取得超深井加砂压裂技术新突破》《青海油田成功申报青海省 2022 年度省级重点实验室和工程中心》《青海油田自主研发核心技术填补国内在线收集调堵球的空白》。《油田首次成功打捞超深井永久式完井封隔器管控》获得 2022 年中国电视艺术家协会企业电视分会全国企业电视新闻三等奖；本人获得青海油田 2022—2023 年度新闻先进舆论工作者。

工作感言

作为记者，我们的人生注定有一点点不同，是别人的精彩和不凡充盈着我们。作为一名记者，我们需扛起记录时代、追寻真相、守护良知的责任，我们记人、记事、记风景，我们是行者、仁者、记录者。我想：身为记者，化为微光，也能汇聚点点微光成星河，照亮世界。

　　说到青海，你会想到什么呢？是风光大美的三江源？是碧波万顷的青海湖？是白雪皑皑的祁连山？还是异彩纷呈的少数民族？可当我来到青海油田，看到的只有茫茫无边的黄土戈壁，一座座轰鸣的机器，一台台摆动的抽油机，一棵棵树立的采气树。

　　但是后来，我找到了属于这里的点点繁星。

　　孟黎，一朵盛开在高原上的铿锵玫瑰。2012年参加工作后，凭借出色的业务能力担起了15号站站长的重任，成为涩北气田三个作业区中唯一的女站长。

　　我很幸运，这位吃苦耐劳、无私奉献的女站长就是我曾经的班长。在她身上，我明白了"谁说女子不如男"这句话，扳阀门、换装置，她都可以单枪匹马上阵。甚至，她做到了克服内心的恐惧，半夜独自去井场巡逻，展现出巾帼不让须眉的风采。

　　在她的带领下，我很快熟悉了工作内容。在我第一次独

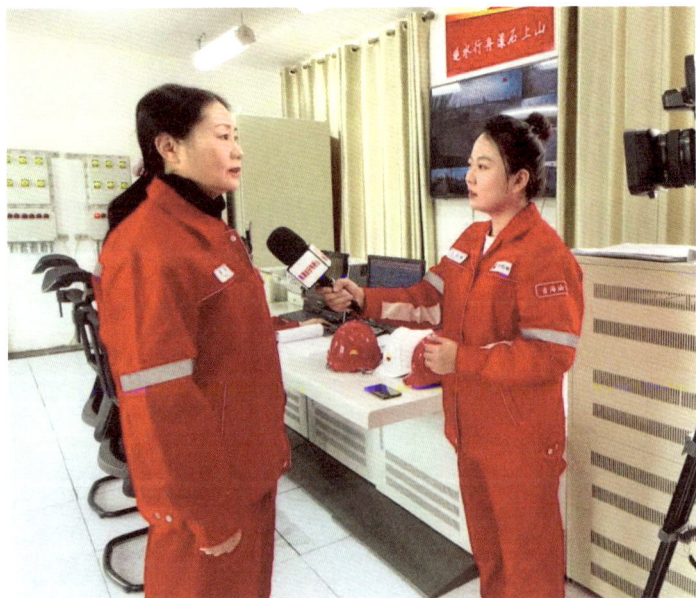

新冠疫情爆发期间，深入大庆市第五医院呼吸门诊采访拍摄

自顶岗的时候，她告诉我，用力工作只能把工作做好，用心工作才能把工作做得优秀。在她的激励下，我也一直在我的工作岗位上努力奋斗，勇往直前！

随着从采气工到新闻工作者的身份转换，2023 年 3 月，我第一次来到花土沟，当车辆行驶进尕斯采油作业区生产现场的时候，我被眼前的景象震撼了。千百台红黄相间的抽油机，密密麻麻地分布在荒芜的山坡上，上下摆动着，瞬间感觉这片土地有了勃勃生机，采油这个概念在我的脑海里开始具象化了。

两个月间，我深入柴达木盆地一线采访，去过最偏僻的地方，跟着信息服务中心的技术员，给新的钻井现场安装高通量卫星系统。

出发时，有一位师傅给我塞了一把糖，当时我还以为这位师傅把我当成小孩子哄我开心呢，并未太在意。路上，我们迷失了方向，我心里直打鼓，因为在出发之前，我就了解到，需要安装高通量卫星系统的地方，基本上都远离生产基地，没有信号、没有人烟，甚至没有路，所以，一旦遇上复杂情况、极端天气，只能在原地等待救援。

　　这时，递给我糖的那位师傅又从兜里掏出一把糖，给大家分，说大家先吃块糖吧。我笑着问师傅："您怎么这么爱吃糖呀？"他转过头对我说："你可别小看这几块糖，关键时刻可是能保命的！"我这才知道，原来师傅不是逗我开心，而是在几年前的冬天，他们外出作业时，车辆发生故障，靠他们自己的力量无法进行维修，只能在原地等待救援。天色慢慢黑了下来，温度也随之降低，车上带的干粮和热水都消耗殆尽，黄土戈壁上，连个用来烧火的树枝都没有，正在他们思索怎么维持体能的时候，这位师傅从衣服的内兜里摸到几块糖。于是，他们靠着这几块糖一直坚持到救援人员找到他们。从那时起，外出作业时，他们兜里随时都要备着一把糖来补充体能。

　　幸好有一辆车经过，打探一番后，重新确定了路线，到达了目的地，成功为钻井驻地连接上了网络，可以把生产数据实时传输出去。

孟黎跟她的班员们在一起解决生产问题

信息服务中心的技术员在给钻井现场安装高通量卫星系统

其实，在世界上海拔最高、环境最艰苦的高原油气田上，遇到危险时，一颗糖并不能用来保命，让他们坚持下来的是他们苦中作乐的心态。身体是苦的，但心里却是甜的，甜的是他们为祖国的石油事业作出了自己的特殊贡献，甜的是他们用血汗甚至生命凝结成了以"顾全大局的爱国精神，艰苦奋斗的创业精神，为油而战的奉献精神"为核心内容的柴达木石油精神。

不知不觉做记者已近两年，记者这份职业让我见证了太多故事，动人心弦的是笃定后的拨云见日。实现梦想的路从来都不是轻轻松松的，你要打败很多迷茫、失意、委屈、痛苦，只要坚信，每个人都有力量去奔跑、去追光、去经历一段无法被复制的人生，我们终能立于群峰之上，觉长风浩荡。我甘愿做一名在平凡中闪耀瑰丽光彩的青海石油人，永远以繁星为灯，永远心向远方。

扫码看演讲视频

无穷的远方，无数的人们，都和我有关

中国石油石化杂志社　于　洋

于洋，1986年5月生，中共党员，从事新闻宣传工作10年，《中国石油石化》杂志记者。多年来深入行业和企业一线，负责石油石化行业上中下游重大选题报道，如《PX怪圈》《石油，变天》《能源大市场，大在哪儿》等；积极跟进传统能源领域发展新能源，探索绿色低碳的工作动态，研究低碳的实现途径，发表相关报道《石油，向阳而生》《"三桶油"出圈、新能源律动》《去油，不再是一场秀》等。其中《网络安全，扼住了谁的脖子》获中国石油新闻奖一等奖，《加氢站生存怪现状》获中国石油新闻奖二等奖。《石油，向阳而生》《石油，变天》《岸电，海上油田低碳大变革》等获《中国石油石化》杂志社一等好稿。

一项项突破的背后离不开一代又一代的石油工作者们前赴后继、艰苦卓绝的奋斗。从"我为祖国献石油"到努力端稳端牢端好"能源的饭碗"，他们书写出中国油气事业的深度和高度。这十年，我有幸成为记录他们的一员。这十年，他们身上的精神让我深受鼓舞。未来，我想我会继续用我的笔去书写他们，去书写和见证中国油气事业更加恢弘的篇章。

第一次去油气生产现场，对一切都充满好奇

　　第 24 个中国记者节是我度过的第 10 个记者节。很荣幸
能在从业的第 10 个年头，参加"好记者讲好故事"演讲比赛，
让我能够趁此机会好好梳理一下我这 10 年做石油新闻记者的
故事。

　　我的故事开始于 2013 年。那一年我被派到了重庆涪陵的
焦石坝，去见证中国页岩气的商业化发展。当时的我并没有
清楚地意识到我所从事的石油新闻事业的意义。

　　隔着十年的时光我仍清楚地记得：青山绿水环绕下弯弯
曲曲、不到 200 米必然转弯的山路，40 摄氏度高温下满脸泥
浆和汗水露着大白牙微笑的脸庞，和那句简单的回答"心里
放不下"。正是当时钻井队队长曹华这句对页岩气开采的"心
里放不下"让我开始对这个行业有了懵懂的印象，这个夏天

所有的记忆让我形成了对石油工人的印象，并在多年后的塞北沙漠、碧海星辰下、皑皑白雪之中一次又一次地见到。这些都让我从心底生出对石油行业的热爱，生出对石油工人的由衷敬佩。这种敬佩激发着我走近他们，去体验他们、报道他们。让祖国的人民知道，有这么一群可爱的人，在祖国的大江南北、塞北沙漠闷头干着惊天动地的大事。

于是，我荣幸地成为一名石油石化行业的见证者，更准确地说也是一名亲历者。三年国企行动改革，我见证了像吐哈油田等一批油田用革新激发出活力；七年增储上产计划，我看到了石油人在神州大地上缔造出深地塔科1井、深地一号，深海一号奇迹……

油气行业的改革是痛并快乐的。2017年的两会现场，蹲守一整天的我，在会场外见到了山东著名民营炼化企业晨曦集团的董事长，他当时的两句"睡不着，真的睡不着！"似乎已在为2018年民营炼化企业大洗牌埋下了伏笔。

大炼化浪潮下，深入民营炼化企业了解他们的发展故事

国家管网华南公司改革前夕，在其总部大楼党群室聆听20年前的风雨华南

　　这十年，我见证了国际油价狂跌到史无前例的－38美元／桶的惨淡；见证了欧佩克石油权力的逐渐没落，也见证了美国、俄罗斯、沙特三极并列之后的博弈不止；见证了石油成为科索沃战争中美国遏制南斯拉夫的武器，也见证了俄乌冲突中各方的能源暗战……

　　此后，在十年的记者生涯中，在一次次奔向远方的采访报道中，在一次次与那些远方的人的灵魂碰撞中，我试图探寻如何成为一名合格的中国石油新闻工作者。在见证与亲历中，我快乐着他们的快乐，悲伤着他们的悲伤。快乐与悲伤之间，我似乎明白了石油记者或者说所有记者存在的意义，那就是无穷的远方，无数的人们，都和我有关。我也理解了当时曹华队长的那句"心里放不下"，因为我也开始对我所从事的行业"心里放不下了"。

群山沟壑见证了花土沟这座老油田的辉煌，也见证了石油人的艰苦奋斗

我希望通过我们的笔尖，推动石油石化行业的健康发展——当体制机制限制行业发展活力的时候，我们呼吁石油行业加快变革，向新的更高更远的目标迈进；当炼化产能过剩的时候，我们呼吁国家和行业出台政策淘汰落后产能，进行结构调整；当PX等石化产业被集体抵制的时候，我们揭露国外势力力图限制我国健全产业链的险恶用心；当油气资源战术性增产已不再有显著效果的时候，我们呼吁开展第三次石油勘探战略接替……

我们不仅是行业的记录者，更是行业的加油鼓劲者！愿我们与石油工作者们一起携手续写中国能源发展的新篇章！

扫码看演讲视频

十天九夜，
我在抢险救灾中成长 / 华北石油报社 杨 凯

个人简介

杨凯，1987年7月生，中共党员，从事新闻宣传工作不到1年，中国石油华北油田公司新闻中心新闻采访部记者。任职以来多次参与公司重点工程报道。在2023年8月华北油田应急抢险队驰援涿州的抗洪抢险行动中作为随行记者挺进灾区深处，直击现场，对灾民、救援人员等进行了深入采访，直观展现了人们面对灾情不畏艰难、积极向上的力量。

工作感言

从事新闻宣传工作后，我明白了脚力、眼力、脑力和笔力合一的重要性，也明白了用一篇篇宣传稿件、现场照片和视频记录石油人的每一份艰辛、坚韧与坚守的意义所在。作为新闻宣传战线上的新兵，更要不忘初心，牢记使命，辛勤耕耘，坚持讲好油人油事，弘扬正能量，传递好声音，做一名优秀的新时代石油工作记录者和传播者。

　　我是新闻战线上的一名新兵。常听新闻前辈说，记者是一个永远在路上的职业，他们不是在新闻现场，就是在赶往现场的路上。今天，我想给大家讲述我在涿州抗洪救灾现场的所见所闻。

　　2023年七八月之交，华北地区受台风"杜苏芮"影响，出现极端强降雨过程，多条河流过境的涿州由于上游河道行洪，遭受重创，急需救援。

　　在中国石油集团公司的协调部署下，华北油田迅速召集由59名党员和47台（套）设备组成的应急抢险救援队伍，火速驰援涿州，我作为随行记者一同赶赴涿州。

　　这是我记者生涯中第一次奔赴重大救援现场拍摄、采访，内心既激动又忐忑。到达现场后，眼前的场景让我心中五味

采访北京城市副中心地热供暖示范项目启动仪式

在涿州市东方物探科技园区内采访消防战士开展清淤工作

杂陈，一股悲怆直冲眼眶。浊水淹没了街道、垃圾在路面上肆虐，空气中弥漫着难以言表的异味，路旁的校园围栏被各种漂浮物悬挂、包裹得看不到原有样子，一辆辆陷入泥沼的汽车看起来如纸船般脆弱……正在奋力抢救家园的百姓看到我们，也只是短暂地停止一下手中的动作，但他们眼中因此而生的希望却让我们所有人感到一种责任和动力。

我们的抢险队员抹去眼中的疼惜，立刻投入到救援工作中。雨鞋被淤泥包裹拔不动腿，就索性手脚并用向待救群众或物资奔赴。很快，一张张刚毅的脸庞变成了"大花脸"，红工衣也变成了"泥浆衣"，可没人去在意这些。

夜已深，抢险工作仍在继续。周围的居民主动为我们送来水果和饭食，有的还拿着工具加入到我们队伍中。这一刻，我对"一方有难、八方支援"有了更深的感悟；这一刻，我明白了中国石油在每次重大灾难中全力调遣参与救灾的深层意义所在！救灾不仅仅是清理环境和救物救人，更重要的是促进和谐，是让百姓因此感受到希望、关爱和力量。

作为保障民生和生产建设的重要场所，加油站是我们此行抢险救援工作中的重要一环。在涿州市32号加油站，破碎的门窗、东倒西歪的货架，以及墙壁上清晰可见的 2 米多高的洪水印记，无不向人们展示着当时洪水的威力。

拉起警戒带、规划清理路径、寻找消防水源……救灾工作有条不紊地展开。经过一天半的清理，包裹着加油站的厚重淤泥被逐渐剥离，地面和墙壁都露出了原本的颜色，加油站恢复了生产运营的基本条件。

在这张抢险队员和加油站干部员工合力清淤的画面中，他们虽身着不同颜色工服，但在灾难面前却坚定地风雨同舟、共渡难关，因为他们都是石油人，这张照片就是他们用责任与担当践行石油精神的写照。

公岩岭，2023 年 55 岁，是华北油田天成公司的一名党员。在科技园区排涝期间，他被急流冲倒，腰部受伤，然而为了能继续参加救援工作，他隐瞒伤情，坚持将重型设备运送到指定地点，因为他是抢险队中最熟悉调运设备和路线的人。

东方物探科技园区是东方地球物理公司科研生产的重要场所，也是此次受灾最为严重的地区之一，这里地下设计空间大，存放着许多重要设备，水位最高时有 5 米左右，对园

在涿州洪水应急抢险现场采访

在涿州洪水应急抢险现场采访

区设备设施造成了严重威胁。8月7日，应急抢险队到达现场后，立刻查看水势、勘察地形、制定排水路线、铺设管道……投入到紧张的排涝作业当中。

爱出者爱返，助人者人助。在抢险救援过程中，还有一件让我们深受感动的事。由于部分路段水位较高，道路涵洞高度不够，几辆大型设备车辆无法通过。正在进退两难时，当地一名群众看到车队上挂着"华北油田应急抢险"的条幅，主动开车带着我们绕行乡间道路。前方道路被洪水覆盖，当地群众开着自家车为救灾队伍试水引路。

灾难是用来见证的，痛苦是用来激励的，黑夜是用来告别的。经过十天九夜的不懈努力，我们华北油田应急抢险队顺利完成了60万平方米的清淤排水工作，帮助6000余户受灾居民恢复了正常生活。那一天，我们离开时虽然满身疲惫，甚至还有伤痕，但每个人脸上却挂满了自豪与骄傲，不仅因为圆满完成抢险救灾任务，更因为我们用行动给涿州这座城市的后续重建增添了希望和力量，而我也在这十天九夜中得到了历练和升华，蜕变成长为一名更有担当的青年记者。

扫码看演讲视频

读懂石油

花絮
一

全国石油
石化能源
系统首届

好记者
讲好故事

演讲
比赛

赛场入口

（5号楼六层会议室）

→

2023 · 成都

青春的聚会

新闻的盛宴

记者的舞台

中国石油报社有限公司总经理、
党委副书记耿玉锋讲话

中国石油西南油气田公司执行董事、
党委书记何骁致辞

中国石油新闻工作者协会秘书长
夏鹏举介绍比赛规则

十佳记者

1	塔里木油田融媒体中心	王川	95.07
2	中国石油报社	金雨婷	93.48
3	西南油气田新闻中心	王贝歌	92.70
4	中国石油报社	张旭	92.26
5	《中国海洋石油报》社有限公司	陈瑶文	92.00
6	中国石油吐哈油田公司	许忠	91.93
7	中国石油运输文体中心	张诗悦	91.70
8	中原石油报社	张国伟	91.22
9	长庆油田公司新闻中心	白莹	91.00
10	中国石油河南销售公司	刘冰	90.70
11	国家管网集团北方管道有限责任公司新闻中心	王琳	90.70
12	中国石油川庆钻探工程公司	马里	90.70

优秀记者

1	独山子石化报	邢媛媛	90.44
2	石油工人报	杨博	90.30
3	《中国海洋石油报》社有限公司	杨瑞君	90.11
4	长庆油田公司新闻中心	张肖锋	89.89
5	中国石油四川销售公司	何悠	88.93
6	中国石油黑龙江销售公司	崔智超	88.26
7	中国石油川庆钻探工程公司	刘玉	88.19
8	吉林石油报	刘明昊	88.04
9	大庆油田报	韩陆	88.00
10	大庆油田文化集团有线电视台	王继伟	87.96

171

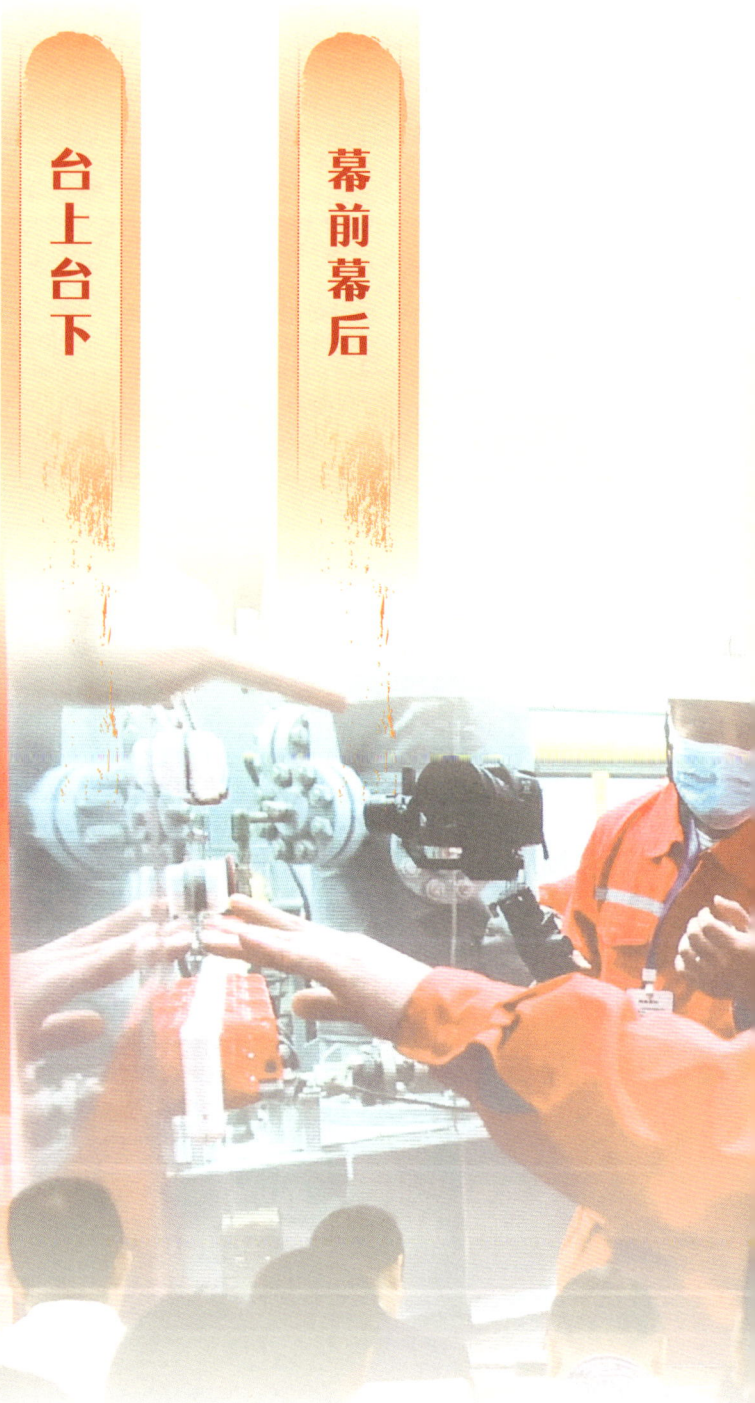

花絮（二）

幕前幕后

台上台下

中國石油報
YOU直播

花絮 ③

春潮涌动千帆劲

余音绕梁万章新

全国石油石化能源系统首届"好记者讲好故事"演讲比赛现场在中国石油微博、铁人先锋、西南油气田川油人视频号全程直播，在国家管网集团微博，《中国石油石化》杂志社视频号和抖音，塔里木油田微博、抖音、视频号，玉门油田《石油工人报》视频号，四川销售"中油优途"视频号，长庆油田视频号，吉林油田抖音，抚顺石化视频号，"独山子在线"视频号、中国石油河南销售视频号等16个平台同步播出，当日累计浏览量24万。后续，《中国石油报》《四川石油报》连续进行了通版宣传。目前，各平台持续开放回看，累计播放量突破1600万，"好记者"们的倾情讲述掀起一波又一波热浪。

6/7 北方周末 特别报道

讲述石油故事 展现时代华章（上）

挑战生命禁区　传承有"我"　手持星火 目及远方　探寻生命的广度　与大海共振　在火焰山下 讲石油故事

6/7 北方周末 特别报道

讲述石油故事 展现时代华章（下）

脚下有泥 心中有光　万家烟火有底气　记者 记者 他们有共同的名字　镜头里的石油故事　我怀丹心走国脉　海外石油人 凝聚奋进魂

四川石油报
全国石油石化能源系统首届"好记者讲好故事"演讲比赛在成都举行
讲好加"油"争"气"动人故事
西南油气田公司与中国石油报社开展座谈交流
深化协作 助力发展
川中油气矿党委
进一步让思想伟力入脑入心
锚定建设新时代一流燃气企业目标

专题
3
好记者讲好故事
怀揣石油梦 当好新闻人（一）
挑战生命禁区
传承有"我"
手持星火 目及远方

专题
3
好记者讲好故事
怀揣石油梦 当好新闻人（二）
脚下有泥 心中有光
万家烟火有底气
记者 记着 他们有共同的名字

专题
3
好记者讲好故事
怀揣石油梦 当好新闻人（四）
镜头里的石油故事
我怀丹心走国脉
海外石油人 凝聚奋进魂

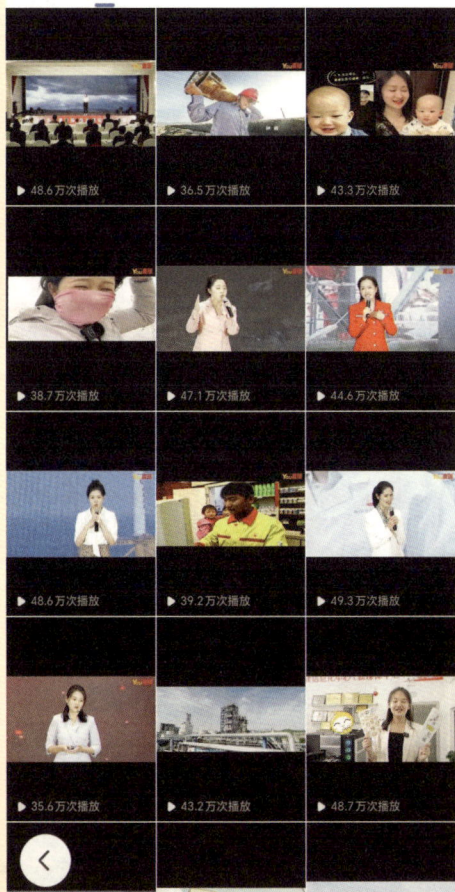

会员单位一线
新闻宣传工作者在
各自岗位收听收看
"好记者讲好故事"
现场直播。

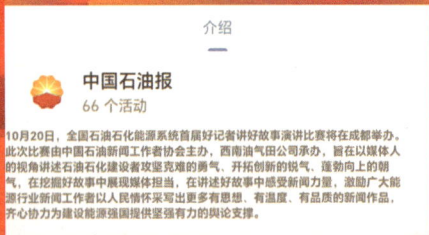

跋

　　"好记者讲好故事"是 2023 年石油石化能源行业媒体掀起"坚持高质量发展，奋力建设能源强国"主题新闻行动的一个重要组成部分。活动由中国记协全程指导，中国石油集团党组宣传部、中国石化集团党组宣传部、中国海油集团党组宣传部、国家管网集团党组组织与宣传部、延长石油集团党委宣传部对这次活动给予了大力支持。这次活动以习近平新时代中国特色社会主义思想为指导，是广大石油石化新闻工作者深入学习宣传贯彻党的二十大精神，深刻认识和把握石油能源行业新闻舆论工作者的政治属性和红色基因，胸怀国之大者，弘扬石油精神，紧密结合主题教育，紧扣高质量发展，展现新征程上的新作为、新发展、新形象的生动实践。

　　主题新闻行动开展期间，各会员单位深入落实习近平总书记对石油石化行业重要指示批示精神，讲好加快建设能源强国动人故事，传递石油报国最强音。一大批优秀记者扑下身子，沉下心来，深入石油石化生产一线开展调查研究，捕捉最鲜活的新闻素材，讲述最生动的石油故事。主力军挺进主战场，正能量澎湃大流量，下好"先手棋"，打好"主动仗"，形成了规模化的舆论强势，取得了阶段性的宣传战果。

　　参与这次演讲比赛的选手既有从业 20 多年的资深记者，也有刚刚入职的年轻同志，我们共同学习大家的所见所闻，共同倾听好记者的精彩讲述，共同感受新闻人传递的正能量。在现场的每一刻，每个人思想感情的潮水都在奔流着。

大家用专业水平、敬业态度和职业素养讲述着平凡的故事，记录着伟大的英雄。通过真实的事例、真挚的情感、真情的表达，用小物件呈现大场面，用小故事体现大感动，用小人物表现大境界，用小平台展现大事业。习近平总书记强调，好记者是"党的政策主张的传播者、时代风云的记录者、社会进步的推动者、公平正义的守望者"。你们记录时代，也引领时代，推动发展，更助力发展。

这是记者的舞台，这是新闻的盛宴，这是青春的聚会！当我们从事的事业与国家、民族连在一起的时候，我们的人生将更加有意义。有幸与这么多优秀的好记者面对面，深受感动。我在问，好记者在哪里？在大雪里、在风雨中，在险峰、在深海，也在一个个笑容中、一个个故事里。当个记者真苦、真累，当个记者也真好、真值！向你们致敬，因为你们是行者，行者无疆，踏遍万水千山；你们是仁者，仁者无敌，克服万难千险；你们是勇者，勇者无惧，心向星辰大海。你们更是奉献者、探索者和奋斗者！

人间万事出艰辛，星光不负赶路人。记者永远在路上，在现场，在基层。油海如潮，气贯长虹；记者冲锋在前，以笔为枪；繁星为灯，风雨作伴；与海共振，与风共舞。既然选择了远方，就只顾风雨兼程。多少次回眸，只因热爱和理想；多少次凝望，只为心中那一抹石油红。

石油人在戈壁荒漠，也在江河险滩，有北极的严寒，也有赤道的酷热……我和大家一样感同身受，怎么看？怎么办？怎么干？我想用一组大家的金句回答：

一个月不行，就干它一辈子；脚下有泥，心中有光；追一轮圆月；无穷的远方，无数的人们，都与我们有关；离家最远，离国最近；滚滚车轮向彩云，关键时刻我们都是战士；能源报国就是我们的海誓山盟；有深度的新闻，何惧时光；看不见的美，滋养着看得见的美！

"好记者"应该是有灵魂、有担当、有操守的，"好记者"永远是时代的宠儿。新时代、新征程，在以习近平新时代中国特色社会主义思想科学指引下，深入学习贯彻习近平文化思想，深刻领悟"七个着力"的科学内涵，增强脚力、眼力、脑力、笔力，必将涌现出更多的好记者。希望大家继续用笔墨、镜头、话筒，用群众爱听、爱看、爱转、爱传的语言，用踏实作风、清新文风生动记录广大石油石化能源工作者艰苦奋斗、接续奋斗、团结奋斗的壮丽史诗，讲好为奋进中国式现代化加"油"争"气"的动人故事。

铁肩刚毅担重任，热血无悔写忠诚。让我们以时不我待、奋发有为的姿态，书写新时代；以青春绽放、奋斗有我的豪迈，阔步新征程！

祝愿"好记者讲好故事"活动越办越好！

2024 年 1 月

扫码查阅电子书